自序：

日出而作的故园农事

◎ 黄孝纪

002

湘南是一个多山的地方。

我的故乡八公分村，就是在被群山围绕的偏僻一隅。那时候，故乡的山岭郁郁葱葱，故乡的江流碧波荡漾，故乡的田野土地肥沃，故乡的人们淳朴善良，我的童年和少年时期，就是在这样一方水土度过的。

我们村庄地处永兴、桂阳、郴县（现为郴州市苏仙区）三县交界的区域，它坐西朝东，横亘在一列大致呈南北走向的山脉之下。村后紧挨着的那座山岭，俗称后龙山，据说关乎一村的风水，生长着高大而茂密的枞树、樟树、苦槠等品种繁多的树木，保持着原始的状态，禁止砍伐。青砖黑瓦的村旁，有诸多的古树，古枫、古椆、古柏、古樟，无不耸立云天，繁荫覆盖。村前便是江流和稻田。这条江流没有名字，其源头在上游山岭之间，曲曲折折流到我们村前时，江面已变得开阔而平缓，沿江两岸满是高大的树木，尤以苍柏、垂柳、梧桐、油桐居多，灌木、荆棘和野生小竹子也多，将江水染成翠绿。沿途的江上，筑有多道石坝，一段段的江水被拦截抬升，由长长的水圳引入江岸两边的稻田。对于我们村庄来说，即便再干旱的年份，农田的灌溉用水，基本上还是无虞的。江上架有石桥和木桥，连通两岸。而在江对岸的稻田之后，又是连绵起伏的山岭。长久以来，这条江蜿蜒流淌，哺育着两岸大小的村庄。

在传统农耕的故乡，种田无疑是最重要的农事。在二十世纪八十年代初分田到户之前，我的故乡与一江上下的上羊乌、下羊乌、土方头、油市塘、朽木溪、白林同属于羊乌大队，这之中，我们村与上羊乌村是两个大的自然村，其余的都是小村。按照全大队统一的排序，我们村分成四个生产队，分别叫五队、六队、七队和八队，我家在五队。在我童年时期，生产队已种植双季稻，春种一季早稻，秋种一季晚稻。只是所种的还多是常规水稻，产量也并不很高，每个生产队一年稻田的产出，在上交公粮之后，分给各家的稻谷，尚不能解决乡人的温饱问题。

种田自然是辛苦的，杀叶积肥，犁田耙田，种秧莳田，管水治虫，乃至割禾晒谷，每一道农活，都需要付出无数的汗水。尤其是盛夏抢收早稻、抢插晚稻的“双抢”季节，烈日炎炎，劳动强度巨大，甚为辛劳。我也从小就参加农田里力所能及的劳动，在父母、姐姐和乡人的身体力行之下，耳濡目染学会了一些简单的农耕技能，培养了吃苦耐劳的精神。那个年代，乡村没有闲田，每一处能栽种的稻田，都要种上水稻。一年中，当江流两岸的稻田里，碧绿的禾苗渐渐变成金黄的稻浪，绵延着，从一个村庄扩展到另一个村庄，直到模糊的远山和远村，那真是令人喜悦的景象。分田到户的早期，农民的生产积极性得到激发，加上杂交水稻的广泛种植，农药、化肥的使用，粮食产量显著提高，成就了多年的丰收盛况，也彻底解决了长期困扰乡村的温饱大事。

作土也是一项日常的农事。故乡的园土（当地俗称，即园圃），散落在江两岸的山脚或山窝，曾有多年，红薯和小麦，是两种最主要的旱土作物，它们是除水稻之外的重要粮食。分田到户后，随着水稻的增产增收，小麦渐渐无人种植。红薯的种植依旧在延续，只是它那曾经担负着故乡人家“半年粮”的使命已然不再，成了酿造红薯烧酒的原料，此外加工红薯干、红薯粉，总之慢慢成了乡人日常饮食的辅助品。园土里的其他作物品种多样，因季节交替而轮作，花生、高粱、黄豆、蚕豆、辣椒、茄子、南瓜、苦瓜、白菜、萝卜、肥菜、风菜（方言）……应有尽有。对于乡人来说，这些来自园土的收获，自给自足，既保证了家中一日三餐的菜蔬，还可拿出一些喂猪，有些物产还能在赶圩日卖点钱，贴补家用。

相比水田和旱土，故乡的山岭更多。这些绵延的山岭，以红壤土质居多，主要种植油茶。油茶林里，也间杂着杉树、油桐树、山苍子树等经济林木。长期以来，育山护林既是乡人约定俗成的准则，也是重要的农事。在生产队时期，一年的冬春两季，当稻田和园土里的主要农事忙完以后，乡人就会到油茶岭上垦山。垦过山的油茶林，长得愈发高大而茂密，开花多，结果大。记得山岭分到户之后，我的老父亲长年里一有闲暇，就去村前对门岭上那片自家的油茶山垦山护林。丰收的年景，我们家的这片油茶林，能摘六七十担油茶果，可榨几百斤金黄芳香的新茶油。油茶山，也是我们平日里捡柴的地方，那时乡村的砖灶以烧柴火为主，只有在寒冬腊月才会烧炭。山间也多生长野竹子，以及金樱子、黄栀子、香薷等野生药用植物，在扯竹笋、采药草的时节，常见乡人忙碌的身影。

昔日炊烟袅袅的故乡，鸡鸣犬吠，充满了生机。养殖家禽家畜，是故乡人家的传统。在生产队时期，耕牛是集体的重大财产，也是耕田最主要的畜力，通常由各生产队安排专人牧放。那些牛铃叮当、早出晚归的放牛场景，是每天都要上演的乡村经典画面。那时差不多家家户户都养猪，养大的肥猪，由生产队安排上交公社食品站，完成国家收购任务，或在过节过年时宰杀分肉，相应地，生产队则会按猪的重量给农户计算应得的工分，这样的养猪方式，乡人俗称养工分猪。养鸡、鸭、鹅的人家也多，这些活泼可爱的家禽，每天散布在乡村的各个角落，觅食或者嬉闹。村前的池塘众多，大大小小，一个连着一个，碧波荡漾。池塘里养着鱼，池面常有鹅鸭浮游，不时也有水牛冲进去躺着，舒舒服服地泡水。干塘的日子，塘岸塘里，观看的、捉鱼的，人头攒动，笑逐颜开，是乡村欢乐的时光。分田到户后，养牛、养猪的人家曾一度热情高涨，也实实在在给农家带来了不少收入。只是随着时代的演进，多年之后，耕牛和猪都从故乡消失了，令人唏嘘。

在漫长的岁月里，农耕的故乡是一个相对封闭的区域。除了耕种和养殖，乡人挣钱的门路很少。亦因此，到了长冬，差不多就进入了农闲期。不过有手艺的乡村工匠，在农闲的好几个月里，倒正是出门赚钱的时候。那时的故乡，离不开木匠、漆匠、石匠、砖瓦匠、铁匠、补锅匠、补鞋匠、弹棉匠、裁缝……他们以自己勤勉的劳动，维系着乡村手艺的新陈代谢。而身无长技的乡人们，则拿些小的本钱，凭着一身力气和耐劳的品格，常成群结伴，走几十里山路，深入邻县的林区购买杉木背回家，再趁着赶圩的日子，背到十里外的圩场上卖掉，赚取几角几元的辛苦钱。

农闲也是乡村兴修水利和进行各项大型建设的大好时机。村前江上的石坝，稻田间那一条条修长的水圳，村旁那俗称山塘的小水库，都是一辈辈的乡人，用无数的劳动和汗水建成的。我的童年见证了那个全民修水库的时代的尾巴，我跟随送饭的母亲到邻村水库工地上所见到的热烈劳动场面，永远定格在我的脑海。我也目睹了山脚下那条简易黄土公路的修筑和通车，见证了乡人抬水泥电杆架设进村电网的情景。这条公路和电网，从此将闭塞的故乡与外界，与快速发展的时代，更紧密地联系了起来。乡人点油灯的日子，成为过往。讲古、看戏的传统乡村娱乐形式，也被看电影、电视所取代。农业的丰收，经济的发展，也促成了故乡在二十世纪八十年代的建房热潮，每年冬闲，一栋栋新瓦房拔地而起。原先那个仿佛凝固的浓墨般的青砖黑瓦的村庄，迅速洇染开来。

我很庆幸，我的童年和少年能在湘南山区的这一方土地上度过。童年的故乡，人们专务于农耕，日出而作，日落而息，过着平静简朴的田园生活。年少时，欣逢革故鼎新的时代，生产队解体，田土山包产到户，这时的乡人更焕发出了对农事的热情，热爱田园，勤恳奋发，朝气蓬勃，如今看来，这也是我半百人生所见的故乡农业的繁盛期。

二十世纪九十年代以来，随着工业化和城市化进程的加快，越来越多的故乡农人，离开了农村，脱离了农事，他们的身影游动在城镇的建筑工地，或定格在工厂的流水线上。年老的农民，则带着一辈子积攒下来的农耕经验，带着对田园荒芜的痛惜和无力，渐渐离开尘世。浩荡潮流之下，村庄变得冷落，乡人纷纷弃耕，田园多有荒芜。猪儿拱土，牛儿春耕，日渐稀疏，不复往年。长久以来维系着故乡世代绵延的传统农耕，在与新兴工业文明的交锋之中，显得不堪一击。

作为一个拥有着数千年农耕文明的古国，农事，原是天人之间最原始的角力，也是人与这个世界最直接、最质朴的交流方式。千百年来，农人依靠土地划分自己的“疆界”和“王国”，在这片土地上，用自己的耙子和犁，耕耘着土地，滋养着土地，以自己最为独特、最原始的方式参与着世界的造化和运转，改变着大地的纹理和气象；民俗、道德、伦理……因之得以形成，古老的文明得以无尽延续。农事，让土地呈现如一幅永不枯竭、日新又新的画卷，它是农人的尊严与骄傲。

传统农耕，也成就了天人间最美好的和谐。土地，是上天的馈赠，而农事，则是人与天地所能发生的最为亲密的关系，它让人们与自然朝夕相处，在这片土地上繁衍生息：在这里亲近山川河流，在这里感受阳光雨露，在这里感受天地神人的神秘交汇……来自土地深处的与人连为一体的力量，让一代代农人将毕生贡献于它，生于斯，长于斯，老于斯，最后，化作尘土融于斯。

今天，当我们乘坐飞机缓缓升入云端，从空中俯视大地，我们仍能看见，那些深刻改变人类版图和历史走向的手笔：那开荒凿山留下的巨大豁口；那汩汩流淌的不竭运河；而那稻谷映出的片片金黄，在阳光下闪耀，迷醉了我们的双眼……

它们是人类的杰作，农人在这个世界上留下的大地艺术。

2020 年 7 月 19 日写于义乌

目　录

第一辑　种田

第二辑　作土

第三辑　育山

第四辑　养殖

第五辑　手艺

第六辑　农闲

第一辑

种田

杀叶

过了年，立了春，新一年的农事又将开始。千百年来，农耕的村庄就这样年复一年地轮回，日子缓慢而沉着。过了元宵节，家家户户都忙碌开了。杀叶积肥，曾是故乡人家开春后的一件大事。

1982 年，我十三岁，全家五口，父母、二姐、三姐和我。彼时，位于湘南山区偏僻一隅的八公分村，已分田到户。无论之前在生产队的集体农耕，还是此后数年间的家庭承包经营，乡人多以各种茅草作为稻田的有机肥。草叶在田泥里沤烂、分解，肥沃了稻田。

大地春回，雨天渐多。原野江岸，山岭之间，草叶吐绿，春意盎然，到了杀叶的时节，俗称杀秧叶。此时的草叶嫩嫩的，或以刀割，或以手扯，其种类繁多，铁杆蒿、艾叶、野菊、何首乌藤、猪耳草、马鞭筋……大多与猪草无异。

在我们家，杀秧叶的事情主要是二姐和三姐干。不管天晴还是下雨，她们每天一大早就提着大竹篮出门，篮子里放一把磨得锋利的镰刀，游走在村庄附近的原野林间，要杀满一篮子，塞得紧紧的，这才扛在肩膀上回家。村中少男少女，几乎都是这样。在生产队的时候，秧叶是称重计工分。分田到户后，各家的秧叶都是倒入各自的秧塘。

秧塘是育秧田的俗称。能做秧塘的，都是水利便利又离村庄近的优质田，或者是干塘后用来育秧的肥沃鱼塘。分田到户的那一年，我家在村庄南端建了新瓦房，家里的秧塘刚好在门前一溪之隔的溪岸下。姐姐每天杀叶回来，就将秧叶倒在家门口的秧塘边，慢慢增高，形成一个斜斜的秧叶堆子，像一个绿色的小山坡。这些嫩秧叶，就是用来给秧塘做肥料的。

农历二月中旬之后，浸泡萌芽的稻种要播下秧塘。这段日子，各家都在秧塘里忙碌，用锄头挖秧塘，将堆积的秧叶铺撒开，踩入田泥。若是秧叶不够，还得挑来“猪栏淤”或“牛栏淤”，作为育秧的底肥。猪栏淤就是垫猪栏的稻草或茅草，经了猪粪的浸泡，乌黑发臭，是农家不可或缺的优质肥。牛栏淤亦然。农人们经过一番整理，将自家秧塘挖成匀称的几列，一一抹平，用来播撒稻种，每一列俗称“一厢”，厢与厢之间隔开些许，以便干活通行。

对每个家庭来说，秧塘所占的田亩份额毕竟很少，等待春耕的稻田所需叶肥要更多。随着季节的推进，山野里的茅草长高了，成丛的檵木开花了，野笋子也长成高高的笋蒿，均须刀割，乡人习惯上叫杀青叶。春插之前的这段时期，杀青叶是当务之急。各村各家，男女老幼，每天上山杀青叶的人络绎不绝。

我们村庄人口多，附近山岭的草叶常被乡人杀得光光。许多日子，人们要步行七八里，甚至更远的山路，去更偏僻更荒芜的山岭杀叶。大塘下、梁远、斜岭、沙子坳，这些远处的地名，我童年里就十分耳熟。我的父母和姐姐，去这些远地杀叶，通常只带一根两端尖尖的柴枪，一把锋利的茅镰，早上去，午后回。杀好的青叶，他们用绳索或细长的野树枝条，缚成两个大大的捆子，一担挑于肩上，有上百斤，上下坡走山路，十分吃力。要是在雨天，山路泥泞易滑，行走就愈发艰难。

踩青叶也是一件辛苦事。犁田的时候，铺散在稻田的青叶，随着犁头的翻耕，被翻转的田泥覆盖，但在一圈圈起伏的田泥缝隙之间，依然参差不齐地露出许多枝枝叶叶，这就需要人用脚踩进去。踩叶常是全家人一起出动，卷着裤腿，赤脚下田，慢慢踩踏前行。踩时，一脚站立，另一只脚对着面前的草叶踩去，将其踩入泥中。有时用力过猛，一股泥水扑哧一声反喷上来，弄得满身满脸都是，衣裤尽湿。而那些硬枝利叶，也常会将脚板扎得生疼，甚至割出一道道血口子来。

茶叶

踩叶是慢工细活，需有耐心。上了年纪的人，通常会拄一根木棍，以防站立不稳。

当早稻已然插下，乡人又得为晚稻预备叶肥。在我的记忆中，村庄最为兴师动众的杀叶行动，是去郴州。那时尚在生产队，端午节后，附近村庄各生产队都会组织青壮年劳动力去郴州杀叶十天半月，我的母亲也曾是其中一员。我是高考后到郴州坐火车去湘潭读中专，才知道这座城市距离我们村庄差不多百余里。据说那时这城市郊区公路边的山岭上，草叶茂密，村里来杀叶的人，租住在附近山民家，他们在山上煮食一日三餐，每人一天能杀叶一千多斤。捆缚好的青叶捆子，从山上滚下来，堆集在公路边，日后再由各生产队租了多辆大汽车或者大型拖拉机，陆续运回村庄。

后来，一种名叫紫云英的草类植物被引进村庄，我们习惯叫草籽。每年晚稻快要成熟时，乡人将田水放干，撒播草籽种。收割晚稻时，草籽已然发芽，圆叶如甲，密密麻麻。草籽生长快，长得又高又厚实，春天里开花时，绯红如云霞，是优质的稻田叶肥。亦因此，乡人劳师远征般杀叶的场景不复存在。

在以种粮为主的年代，乡人杀叶积肥的行为往往要贯穿一年始终。进入秋冬，山岭上的茅草干枯发黄，人们依然会一担担杀来，或用来垫猪栏、牛栏，或堆积于田间，以备来年之需。

犁田

有时，看着严寒中身穿棉衣，却赤着一双脚，驱赶水牛在冬水田里缓慢前行的犁田人，我会暗生疑窦：难道他们在泥水里踩进拔出的光脚，就不怕刺骨的寒冷吗？

旧时的故乡，对于稻田，早先讲究“三犁三耙”，即在插秧之前，需要犁三遍耙三遍。经过三犁三耙，稻田地力大增，有利于禾苗的生长。

犁田是一项技术活，并非谁都会的。在生产队的时候，一个队通常固定有三四个人专务此项农活，他们多是经验丰富的中老年男子，身体结实，脾气和缓，性格沉稳。那时，我们村庄的四个生产队都有牛栏，各养着七八头水牛和黄牛，又以高大壮硕的水牛居多。一年四季，遇着需要犁田的日子，犁田人就会来牛栏牵牛，肩扛木犁，一前一后向着田野走去，人与耕牛之间，俨然就是一对老伙计。

开春的犁田，实际上是从前一年犁冬水田延续过来的。故乡的稻田中，很多因所处地势低，又平坦，所以田里的水无论如何也排不干，一年中总是被水浸泡着。这样的稻田，在前一年晚稻快成熟时，就无法撒播草籽生长叶肥，故在冬天里，乡人挑来牛栏淤、猪栏淤或草叶，铺撒田间，由犁田人犁头一遍，叫作犁冬水田。犁冬水田的日子，天气已然寒冷，有时甚至下着雪。但即便如此，犁田人依然照常出工不误。

春天里看犁草籽田是最有趣的。这时候，春江两岸很多田块都长满了草籽，绿油油的。明媚的春光里，草籽田也蓄上了水，犁田人高卷裤腿，一手握着长牛绳和竹竿，一手扶着木犁，驱着牛在花海间一圈圈缓慢行走。木犁过处，厚实鲜嫩的草籽苗被锋利锃亮的犁头掀翻，覆盖在一行行起伏如浪的田泥下，只露出一些凌乱的枝叶和残花。耕牛负轭前行，粗壮的腿脚不时踢出一片泥水，对于近在眼前的嫩草籽，它也不时扭过头，伸出舌头卷上一嘴，津津有味。时有燕子、麻雀和别的鸟儿，在犁过的田泥间起落啄食，蜂蝶飞舞，蛙声鼓噪，天地之间生机盎然。

驱牛的吆喝声，在田野间此起彼伏。在不断地调教和长期磨合中，耕牛已能听懂犁田人的口令。“皮——”这长长的一声拖腔，意思是牛可以走了；“哇——”则表示停下；“嗨——”指向右转。因为犁田人总是左手牵着牛鼻绳，驱牛左转只需轻轻收紧一下绳子即可，并无口令。对于一头忠实听话的老牛来说，犁田人手中的竹竿只是一个象征性的符号，正所谓“不待扬鞭自奋蹄”，勤勤恳恳负重前行是它的职责和宿命。

在这样的春耕时节，犁田人也常调教小牛犊学犁田，就像顽童开蒙读书，乡人俗称开教。开教的小牛需满了两岁，不能太迟，否则难教化。离开母亲，上了鼻绳，负轭拖犁，这突如其来的一切，让牛犊猝不及防，起初很是惊恐和抗拒。但几天下来，小牛渐渐领会了要领，从此成了一头耕牛。

童年里，我一直很遗憾，我的父亲不是犁田人。许多日子，我也想学犁田，觉得是一件十分好玩的事情。尤其是当我看到有的少年在犁田人的指导下，扶着木犁，驱牛犁田，气定神闲，像一位指挥有方的将军，我愈发心底痒痒，跃跃欲试。只是我太小，加之学犁田被认为是没出息的，我终究没能学到这项农活。

犁田的时候，刨田埂也是必须做的，将四周田埂内侧的杂草连着一层表土刨修干净，清清爽爽。犁过的水田，耙平后，水平如镜，以待春插。也有的水田，在犁耙之后，乡人会拿了四齿锄，沿着田埂的四周，挖了田泥筑出一圈新田埂，俗称帮田埂。帮田埂比原有田埂略矮，宽尺许，日后风干晒硬了，可用来点种黄豆、绿豆，或者种芋头。

早稻抢收、晚稻抢插的“双抢”季节，正值盛夏。为了赶节气、抢时间，犁田人和耕牛，每天除了吃饭和进食，一直都在烈日下忙个不停，从天亮干到天黑，十分辛苦。牛是农家之宝，为稻田的丰收出了大力气。为了让牛保持良好的体力，这段时间，放牛人会割了嫩红薯藤，用桶子提来糯米甜酒，喂食耕牛。

分田到户之后，各生产队的耕牛和犁耙，分成若干小组，由组内各农户共同使用。我家所在的那个小组，放牛人是我的邻居庠付，他父亲金德是泥匠，又是原先的犁田人。早几年，每到犁田的时候，他们父子二人就轮流给本小组的几户人家犁田，各家交换人工帮他们家插田。后来这头母水牛不幸摔死了，从此我们家的稻田，有时雇请别人来犁，有时就索性自家人拿了锄头来挖。

随着时间的推移，犁田费用上涨，乡人对待稻田普遍没有“三犁三耙”了，变得敷衍起来。很多没有耕牛的人家，甚至一遍都不犁耙，自家人挖田后，再用长楼梯拖一遍，略略整平就行。

二十世纪九十年代初，农民进城的打工潮兴起，耕田机也在故乡出现。乡人管耕田机叫铁牛，比起耕牛来，它不需专人常年看管放牧，效率又高。在铁牛与耕牛并存多年后，耕牛逐渐退出了农田。失去了用武之地的耕牛，或被宰杀，或被贩卖。若干年后，偌大的村庄，竟然没有一头耕牛。那些曾经用过的犁耙，被人随意丢弃在房前屋后的角落，蒙尘生锈，直到朽坏不堪。

犁田

种秧

清明前后的这几日，往年的故乡，正是播种早稻的繁忙时节。

在生产队的时候，限于当时的农业科技水平，村庄里所使用的稻种大多还是常规品种，湘矮三号、湘矮七号、珍珠矮、珍珠糯、湘南四号、湘南七号……这些水稻，植株矮小，产量较高，抗倒伏，淘汰了早期产量低又易倒伏的高秆稻。常规稻有一个好处，就是农民能够根据当年的生长情况，择其优良者留种，供来年育秧。分田到户后，杂交水稻在故乡得到普及推广，常规稻种逐渐淘汰。相比来说，杂交水稻成活率高，抗虫害、抗干旱的能力强，产量也高。杂交水稻稻种的需求量（每亩三斤）是常规稻（每亩三十斤）的十分之一，煮出来的饭口感也好很多，优势非常明显。只是杂交水稻不能留种，乡人每年都得去农科站购买稻种。

现在看来，要成为一个经验丰富的农民十分不易，这需要一份对土地的深切情怀，需要年复一年与泥土的长相厮守，需要对各种作物生长特性及农时规律有透彻了解。对于浸泡稻种这样一件关乎一季收成的大事，那时候在我们家，每年都是父亲亲力亲为。

前一天，他将木脚盆清洗干净，倒入井水，倒进稻种，双手搅拌一番，用捞箕捞去浮着的瘪谷。稻种浸泡一昼夜，父亲将其捞出，而后在木脚盆里换上热水，以手测试，用冷水调出适宜的水温。稻种重新倒入温热的水中浸泡片刻，父亲迅速将其捞出，装入干净的蛇皮袋子，置于周边都垫了干净稻草的谷箩里，捂盖严实。这道工序，称为稻种的高温破胸，能催其萌芽，对于水温和浸泡时间的掌握至为关键，温度高了容易将稻种烫坏。

那几日，村前的秧塘十分忙碌。在生产队时期，秧塘都是一丘一丘的。分田到户后，各生产队的秧塘都划分成带状小块，分给各户，户与户之间，筑了泥埂隔开。亦因此，分田到户后的秧塘，更多的是各家自行用锄头挖田，俗称锄秧塘，而后整理出几列匀称平滑的育秧厢。

若是天气晴好，稻种洁白的根芽也长出来了，此时播种是最好的，叫秧谷下塘。每一处秧塘，人来人往。乡人将谷箩里的稻种挑到田埂上，再用竹篮拨开，提于左手肘弯，沿着秧厢间的通道，缓缓行走，同时侧身俯首，右手不时抓一把稻种，伸展手臂，纷纷扬扬播撒，宛若灵巧的手舞。稻种如雪坠落，黄粒白芽，黏附在柔软的泥面上，密密麻麻。当稻种撒完，村人还会拿了“T”字形的长柄木架，蘸了泥水，弓身曲背，用小力在秧厢上轻轻拖过，将稻种略略压进泥面。

清明时节多雨。为防雨水淋坏刚播的稻种，我们家一般是剁了草籽，撒在上面。偶尔遇上天气糟糕的年份，气温低，雨水特多，播下的稻种也会烂掉，只得重新找来稻种播上。也有的年份，播下稻种后，在秧厢边缘插上竹片，弯曲成拱，覆盖薄膜，则既防雨又保温防冻。

老鼠啃咬稻种，是一件让人头痛的事情。秧谷下塘的最初几天，秧塘里还未蓄水，每到夜晚，田鼠们就成群结队出来了，跑进秧塘，翻啃稻种，待天明来查看时，只见厢泥上满是老鼠的足印，像万马驰过。这样的景象，在晚稻种秧时就更为厉害，因为那个时候气温高，已经不能用薄膜覆盖。为了防鼠害，乡人除投放老鼠药外，电打老鼠的办法曾一度广为盛行。买一根长长的钢丝，沿着秧塘四周绕一圈，略为固定，另一头折成小钩，到了傍晚，用长竹竿撑起来，直接搭在从田野上空横过的火线上，第二天早上，再取下钢丝钩子。这个电鼠的办法固然不错，却十分危险。有一年，村中一个名叫柏树的年轻人，不幸在夜间触电身亡。他是家中独子，尚未结婚。他的父母深受打击，原本硬朗的身体很快就不支了。

秧谷下塘后五天，就要蓄水。此时，稻种已长出两三片嫩嫩的青芽叶，细细尖尖。放眼望去，一厢厢浅浅的绿意，令人欣喜。对于那些覆盖了薄膜的秧厢，这会儿要将薄膜周边掀开透风。秧塘的蓄水情况，需随着秧叶的长高而逐渐加深，但田水始终不能淹盖叶尖。当稻秧长有数寸高，竹片及薄膜收去，秧塘里已然是一列列的浓绿，油亮可爱。在昼夜不息的蛙鸣声里，秧塘里的蝌蚪日渐多了、大了，黑压压的，鼓着大肚子，拖着长尾巴，成群结队，在水中，在点点青萍间，在稻秧里，欢快地游弋。

对于每一户农家来说，秧塘里长满了浓密的稻秧，那就预示着一季的收成在望。为此，在栽种常规水稻的那些年岁里，每年自留的稻种，哪怕缺粮少钱，也不敢碾米吃或卖钱了。

1982 年，我家建了新瓦房。那年冬天，为了赚钱还债，二姐跟随一位远房亲戚去江西卖卷烟。在给二姐筹措本钱和路费时，母亲不但将家里养了多年的黄狗卖了，在实在无计可施的情况下，还将留作来年使用的早稻种子全都卖了。只是不曾料到，二姐的卷烟在江西鹰潭全被收缴了。她一时想不开，几次欲跳河，是亲戚好言相劝，才跟着亲戚回了家。第二年春天，临近播种了，父母急得团团转，四处求借，好不容易才借来稻种。每每想起这如烟往事，我的心头就不免涌起“民之多艰”的喟叹！

莳田

从播种到插秧，差不多需要一个月的时间。

故乡曾有一句农谚：“插完早稻过五一，插完晚稻过八一。”意思是说，在“五一”国际劳动节前，早稻要插完，在“八一”建军节前，晚稻要插完。表面看来，这样的农谚似乎有点儿时髦，但其背后其实隐藏着古老的农事节气，因为通常来讲，每年“五一”过后就是立夏，“八一”过后就是立秋。也就是说，对于种植早、晚双季水稻的故乡，必须抢在立夏、立秋之前栽插好，方可不误农时，赢得收获。

在故乡，稻田插秧，俗称莳田。莳田是农耕村庄的大事，也是一件辛苦事，还是一件值得庆贺的事。在生产队时期，每年到了莳田的日子，生产队就会杀一头大猪，按工分分肉。各家分得的猪肉，是莳田这段时间犒劳一家人的美味佳肴。

不过，在此之前，乡人还会有另一种美味收获。那时，故乡盛产油茶，冬天榨完茶油之后，各生产队都会有大量的茶枯饼，紫黑色，大如铜锣，坚硬如铁，分量沉重。对于农田来说，茶枯饼是很好的肥料，还能杀死蚂蟥、泥鳅、黄鳝等稻田有害生物。因此，每年早稻插秧之前，各生产队常会在那些不甚肥沃的水田里，打上一轮敲成小块的茶枯饼。茶枯饼在水中渐渐溶解，一层油脂浮在水面，在阳光下五彩缤纷。不一会儿，便有泥鳅、黄鳝、蚂蟥及其他鱼虫，纷纷从水下钻出来，四处狂乱游动。村中大人孩子提着小桶、小盆，捡拾田里的泥鳅、黄鳝甚至小鱼，收获甚多。

在生产队莳田，按每户每日插秧的面积计算工分。每一丘稻田，事先都会有专人划行。划行通常是两人一组，所用的工具，一是两根用杉木条做的比尺，长度约四尺半，另有两个短木桩，绕了长线，如同纺锤。划行时，两人各拿一尺一桩一把稻秧，相对站在稻田两边的田埂上，从一端开始，每两个比尺的长度为一厢，插下木桩，拉一直线，而后两人拿了稻秧沿着长线相对插来，交汇于一处，形成一道绿色稻秧线。这些稻秧线，既是分隔线，也是乡人莳田的基准线。稻秧线之间，是九尺宽的空稻田，称作一厢，能并排插十八蔸稻秧，每蔸间距约五寸。划行后的稻田，各户从秧塘扯了稻秧后，自行挑选成厢的田块抛秧莳田。对于莳田能手来说，他们莳的稻秧，纵横整齐，间距匀称，看起来赏心悦目。孩子和少年莳田时，虽有稻秧线为基准，但还是宽窄不一，弯弯扭扭，十分难看。在扯秧莳田的日子里，各户都是全家老幼齐出动，人多力量大，人口多的家庭，莳的田多，挣的工分也多。

分田到户后，乡人在稻田里打茶枯饼的越来越少了，茶枯饼能卖钱，每年榨茶油时，就会有人来收购。莳田的时候，乡人往往先在稻田里撒一遍化肥，过磷酸钙、碳酸氢铵、复合肥、尿素等。也不再划行了，反正都是自家的稻田，不需计算工分。

扯秧和莳田，特别损腰。光着双腿站在秧塘里，俯首弯腰，右手不停扯秧，每扯一手，递给左手接着，握住秧腰。当左手掐不住了，双手合于一处，提着沉沉的稻秧在水面上下抖动，水声哗哗，去除秧根粘连的泥块和叶肥的残渣。清洗干净的稻秧，拿一根稻草绕上几圈扎紧，反手扔到身后，继续扯秧。这样站久了，弯腰久了，腰部酸痛得厉害。莳田则弯腰曲背的时间更久，一天下来，全身像散了架。若是下雨，头上戴着斗篷，身上披着蓑衣或者薄膜雨布，干起活来就愈发不便，更为艰辛。至于腿脚常被蚂蟥叮咬得鲜血淋漓，那都不算事儿了。

莳田需要赶节气，而各家犁田、挖田、耙田的时间又不尽一致。因此，有的人家莳田早，有的略迟。亲戚之间，邻里之间，相互帮忙莳田的事情也就多了起来。分田到户最初几年，请人莳田多以人情工、

莳田

交换工为主。你帮了我家，我莳完了，马上帮你家；或者，你帮我犁田耙田，我们一家人给你家扯秧莳田。请帮工的人家不需支付工钱，只要买几斤猪肉及豆腐等好菜，盛情款待辛苦劳累帮工的人就行了。

后来，商品经济在乡村日益盛行，除了近亲外，请外人扯秧莳田，招待酒饭不算，还需要付给工钱。到了二十世纪九十年代，村里去广东打工和建筑工地务工的青壮年劳力日渐增多，在外获得的收入远多于稻田的产出。莳田的日子，回村的人越来越少。在他们算来，往返车费加上耽误的工日所得，已远超出家里雇人莳田的报酬。留守在村庄的妇女和老年人，就成了莳田的主力军。有的年份，种田的人家，辛辛苦苦收获一季水稻，扣除种子、农药、化肥和犁田、莳田等费用，还要蚀本。

于是，稻田转租的现象，在村庄悄然出现。起初，一些常年在外务工的家庭，以每亩两三百斤稻谷的代价，租给村里愿意耕种的人家。慢慢地，稻田白给人家耕种都没人要。由此，一丘丘的良田被抛荒弃置，越来越多，看着令人痛惜。

这时候，我在县城已工作多年，我家的稻田只剩下父母两人的。父母年事已高，却总不肯放弃耕作自家的稻田，我也只好由着他们。每到莳田的日子，父亲都会打电话给我，叫我回来。我就马上请了假，回家帮父母扯秧莳田。

哗哗的洗秧声，整齐莳下的秧行，熟悉的腰酸腿痛，亲切的泥土，一如往昔。当我插完最后一株水稻，光着一双泥腿站在田埂上，面对眼前的新绿，常常心生喜悦。

看水

我真的十分钦佩故乡先人们治水的劳动智慧，他们因势利导，修筑江坝和水圳，将清澈的江水引流到两岸的稻田之间，形成了完善的农田灌溉系统。也正因水的滋养，故乡的农田才适于种稻，才有了我童年时代“稻花香里说丰年，听取蛙声一片”的难忘岁月。

故乡村前的蜿蜒江流，筑有三道石坝，自上而下，分别叫冷水坝、桥头坝和油榨坝。

这三道石坝，将江水拦截。坝的正中间，留有巨大的方形泄洪孔，平素用粗大的枞木一截一截叠起来，卡在孔壁间，作为闸门，江水从木头间缝隙挤出，自孔洞里泻出来，泛着白沫。遇着下大雨的日子，估计要涨洪水了，或者夏秋天旱，下游需补水，看水人就会下到江水里，将这些浸透得乌黑而沉重的枞木全部或部分取出，江水就会滚滚下泄，翻着波浪。坝面也留有缺齿状的一排水口子，丰水的季节，江水从一道道口子满流溢出，甚至淹没了整个坝面，形成壮观的瀑布，跌落坝下的深潭，白沫飞溅，哗哗的水声传得很远。

石坝拦截江水，自然是为了灌溉两岸的稻田，水圳也就应运而生。水圳像蜿蜒曲折的长带子，是人工开挖的渠道，从石坝的一端引出，随形就势，在江流两岸的村庄、山脚、田野间穿行。这三道石坝，一共引出了四条水圳，江岸两边各两条。其中，冷水坝引出的一条水圳流程最长，它一路曲曲折折而来，从村前房屋边流过，一直抵达我们村与西冲村的交界处，足有几里路。童年里，我家所住的老厅屋大门口就是这条清清的水圳。少年时代，我家在村南建了新瓦房，门口也是紧挨着这条水圳。这四条水圳，每跨过溪涧时，便由并排的几根枞木渡槽连接起来。渡槽常年被水浸泡，色泽乌黑，长着厚厚的青苔。

长久以来，水圳有专人看护。生产队时期，丙成曾是村里聘请多年的看水人。他身材高瘦，沉默寡言，十分勤快，肩上总是扛着一把板锄，游走在四条水圳的岸边，疏通，堵漏，加固圳岸。他的职责是要保证在早稻和晚稻两季稻田需要用水的时候，水圳里总是有水。遇到下大雨涨洪水的日子，他要将石坝的泄洪孔打开，把各条水圳的泄洪口子挖开，将水圳里的洪水排往江里。等洪水消退，他又得堵住石坝的闸门，堵住水圳的泄洪口，让水圳恢复流通。作为看护水圳的回报，每年水稻收割之后，各生产队都会以受益田亩面积，按每亩一定的斤两折算稻谷给他。

分田到户之后，丙成还曾看护过好几年水圳，以后，是高财、希贤等人。不过，相比在生产队时期，他们为此而得到的酬劳，是需挨家挨户上门收取晒干的新稻谷。

看管水圳的人，只要把江水引入水圳，保证水圳通畅就行。至于从水圳里引水进稻田，则不属于他们的职责。生产队时期，各队都有专人负责田间管水。分田到户后，则是各家自行管理。

村庄的稻田，丘丘相邻，阡陌交错。大家都维持着一个朴素的原则，即在自家稻田一侧的田埂边，另筑一道矮泥岸，之间留一条水路，用来给下面人家的稻田过水，叫夹圳。夹圳有窄有宽，窄的不盈尺，宽的能插两三列禾苗。夹圳两端的田埂上，开有水口子，用于水流的进出。倘若自家的稻田需要进水，于进水口一端的矮泥岸扒开一个口子，堵住夹圳，水流就进了自家稻田。当水流遍了整块稻田，堵上泥岸缺口，疏通夹圳，水便流出。在禾苗需水量不大，或者来水丰沛之时，夹圳里总是有水流着。而在稻田用水量大的日子，或者天旱时，越是远离主水圳的稻田，夹圳的来水越少，也越慢，有时候甚至被前面的稻田一层层分水堵截得滴水不来。

水稻的生命周期里，不同的生长阶段，对于水的需求是不一样的。秧苗插下田后，稻田里需要保持一层浅水。待其分蘖时，则需要将田水放干两三天再蓄水，这样能促使它分蘖得更多更壮实。禾苗抽穗、扬花、结子、灌浆，是用水的高峰期，早稻生长时正值盛夏，高温酷热，田水蒸发量大，是一年中最容易引发干旱的时候。这段日子，各家每天都要给稻田引水，看水就成了头等大事。同许多人一样，我的父亲天天都要围绕自家的几处稻田转悠好几回。

夏夜里也常有人打着手电在田间走动，沿着夹圳连通的水路往返，一直追溯到主水圳，检查来水的情况。共着一条水路的人，大家匀着分一小股水流到各自的稻田，共同维护着水路的通畅。很多人为了看水、守水，通宵达旦。也有的人，仗着水流率先从自家稻田经过，全部引了进来，下面的人发现了，自然会来理论争吵，遇上脾气大的，难免动粗。这些日子，稻田相邻的乡人，相互间因看水、分水、用水等原因引发的纷争，一时多了起来。

也有的稻田，虽紧挨着主水圳，但地势比圳里的水面要高许多，就只得斛水。曾有好些年，我家先后有两处稻田就面临这种状况。上中学的时候，假日里我就常与姐姐一同给稻田斛水。如火的烈日之下，我们站在深深的水圳里，浑身湿透，奋力提着一桶一桶的水，搁在田埂上，倒进稻田里。水流冲刷着田埂边的禾苗略向后倾斜，一寸一寸渐渐流向稻田的远处。我们往往要斛上大半天，斛得精疲力竭，口干舌燥，饿得肚子咕咕叫，才能将一丘田灌满。不过，看着烈日下绿油油的禾苗孕育着饱满的禾穗，充满了生机与希望，暂无缺水之虞，内心也是快乐的。

杀虫

水稻在田野里生长，稻瘟病、卷叶虫、钻心虫、稻飞虱等各种病虫害，总是伺机轮番侵害，损坏它的躯体，致其减产，乃至绝收，让农民辛辛苦苦付出的汗水和心血付诸东流。

在生产队早期，乡人防治稻田病虫害的办法，除了人工捉虫外，曾借助于诱蛾灯和“666 粉”（俗称，一种农业用杀虫药）。那时，村庄的鸟类众多，麻雀、燕子、喜鹊、乌鸦、野鸡，应有尽有，尤其是麻雀，常常是铺天盖地黑压压的一大片，在稻田里起起落落。鸟类固然啄稻谷，但在稻谷成熟之前，捉食田间害虫也有它们的大功劳。

点诱蛾灯是在夏日的傍晚，此时禾苗长得高而密实，即将抽穗扬花。点诱蛾灯需在稻田里搭一个三角木架，架上置一木盆，盆里装水，水面滴上煤油，煤油灯悬挂或安放在盆中央。傍晚时分，乡人端了煤油灯盏，到生产队队部添了煤油，来到稻田里点上。星星点点的橘红灯光，渐次在广阔的夜幕下亮起来。稻田里的各样飞蛾飞虫，纷纷向着油灯飞扑而来，绕着灯罩翻飞，触碰，坠落如雨，在油花花的水面挣扎，死去。

用“666 粉”杀虫，主要用来对付稻飞虱。当稻谷渐渐成熟发黄，稻飞虱也多了起来，聚集在稻穗之下。用晒干后磨细的黄泥粉、石灰粉和“666 粉”三者掺和起来，由社员们挑到田间，提着竹篮，在禾行间一边走，一边撒在金黄的稻穗之上。

之后，农药和喷雾器在村庄出现了。一江之隔，位于我们村庄对面油市塘村的国营供销社农资门市部，有各种各样的农药卖：稻瘟净、甲胺磷、敌敌畏……

最初的喷雾器是圆柱形的，像加长的热水瓶，金属材质，上了绿漆。它的上面有盖，能用螺丝拧紧，旁边是打气的金属手柄，一个喷嘴连接一段软胶管，胶管连接细长的金属喷雾杆，杆上有开关，喷头如小圆盖。喷雾器筒身有上下两个挂钩，挂上扣带，能斜挎在一侧肩膀上。这样的喷雾器加满药水后很沉重，各生产队通常是安排几个身强力壮的男子专门负责杀虫的工作。

那时乡人对农药的防范意识很差，杀虫的时候，直接用喷雾器到水圳里打水，杀完虫后，也是在水圳里洗喷雾器。那些余有残剩汁液的空农药瓶子被随处丢弃，田埂边，水圳里，桥头下，江水中，无处不有。杀虫人也基本不戴口罩和手套，拿药、开瓶、取药、放药、搅拌，都是徒手而为。

小时候，我以为杀虫是一件很有趣的事情。杀虫人挎着喷雾器，赤脚行走在稻田之间，右手握着喷雾杆，在身子两侧的禾苗上空左右挥动，白色的雾气喷出来，像一把洁白的雾伞，将青青的禾苗笼盖。

杀过虫的稻田，田水里会经常看到浮着的泥鳅、黄鳝和小鱼儿，有的颜色泛白，早已死去。这些东西，我们不敢捡回家吃，村里人说，吃了会药死人。

分田到户之后，种稻对化肥、农药的依赖更高了。那时我在上中学，又是家中年龄最小的，下田杀虫的事情，我一直都没有做过。起初是我的父亲，后来更多的是我的二姐、三姐做这项农活。对于水稻的生长和施肥、杀虫的规律，他们十分清楚。

水稻莳下田半个月，进入分蘖期，这时需要薅田，施放复合肥和过磷酸钙，促其发育。满一个月，卷叶虫和钻心虫往往同时出现，若发现禾苗叶尖卷曲泛白，便是生了卷叶虫；若有整秆的禾苗发蔫，则是生了钻心虫，都得赶紧杀虫了。杀卷叶虫需在晴天的上午，杀钻心虫则在晴天的早晨和下午。水稻进入第二个月的生长期，禾苗开始壮秆、孕穗，这个阶段，要施尿素和钾肥，且要特别注意稻瘟病的发生，稻瘟病主要表现为成片的禾苗叶片发红。随着稻穗渐渐成熟，稻飞虱滋生，这些细小的虫子，早上和下午喜爱躲在稻株的根部，密密麻麻，到了中午它们会沿着稻秆往上爬，啃食稻穗。杀稻飞虱，要选择在太阳正毒的中午进行，十分辛苦。

那时候，二姐和三姐杀虫没有口罩，顶多将毛巾扎在脸上。即便如此，我经常看见她们脸色泛白地回来，有时还会呕吐。家里买的喷雾器，已是背式的，绿色的硬塑料材质，像一面短墙，用时背上双肩。打气的连杆是手摇式的，在稻田喷农药时，左手上下摇动连杆打气，右手握着喷杆挥动杀虫。喷雾器里的药水，常在走路晃动中溢出，把她们的后背浸透。杀一次虫下来，姐姐的后背皮肤瘙痒发红，火辣辣地灼痛。

每家都有好几瓶农药，或放在屋角，或置于床下，随手可及。农药的使用变得泛滥起来。稻子成熟时，将农药拌和谷粒撒在田埂上药田鼠；点种的黄豆出芽时，用稻谷或米粒掺农药，撒在园土药野鸡等飞禽；蔬菜生了虫子，也是喷洒农药；屋旁种了萝卜白菜的园土，撒了拌农药的谷物，药别人家来偷啄菜叶的鸡、鸭、鹅……假如将一瓶农药扔进江流里，一江鱼虾死的死，浮的浮；相互间有恩怨的人，假如夜里丢一瓶农药到对方的鱼塘，等第二天早上喂鱼草发现时，已是一池白晃晃的鱼肚皮。

稻田里昔日无处不在的野生鱼虾和泥鳅、黄鳝，是什么时候杳然难寻了？天空中的麻雀、燕子是什么时候变得稀稀拉拉了？那些野鸡、乌鸦、喜鹊、猫头鹰、老鹰……它们哪里去了？田野无言，唯有一年年的禾苗青了又黄，黄了又青。

双抢

当稻谷长得粒粒饱满，稻穗渐渐垂下了头，广阔的田野，仿佛大自然的调色板，由碧绿过渡到黄绿，且黄色日浓，绿色日淡，最终全然是一片明亮的金黄。金黄的稻田在江流两岸深绿的山脚下伸展着，从一个村庄连绵到另一个村庄。站在村口眺望，视线所及的那些黑瓦的大小村庄，那些高高的江树，那些行人，那些飞鸟，那些白云，那些鸡鸣犬吠，全然浮现在金色的大地上，令人心旷神怡。

早稻黄熟之时，正值大暑前后，是一年中最酷热的时节。此时，秧塘里的晚稻秧，也长得绿意盎然，须赶在立秋之前莳下田去。在立秋之前的这一二十天里，乡人要与时间赛跑，抢收早稻，抢插晚稻，这就是故乡一年中最辛劳最忙碌的“双抢”。若是误了农时，在立秋之后才插上晚稻秧，未来禾穗扬花之时，正赶上寒露风，结出的谷粒空瘪，将会严重减产，甚至颗粒无收。因此，面对“双抢”，谁也不敢怠慢。

二十世纪七十年代，故乡开始种植双季稻，“双抢”一词也由此诞生。那时还在生产队，每年“双抢”之时，生产队的干部每天都会吹哨子喊开工，统筹安排农事的进展和劳力的调配，割禾的割禾，打禾的打禾，犁田的犁田……全体社员分工合作，各司其职，整天在烈日下忙忙碌碌，天未大亮就下田劳作，要天黑了才收工，像打仗一样，务必赶在立秋之前全部插好晚稻。我那时正当童年，记忆中自己也常早出晚归，跟随父母、姐姐，在田野间割禾、扯秧，甚至也莳田，尽己所能，给家里挣一点工分。在那个拼劳力挣工分的年代，村里的每个孩子，基本上都是如此，早早地就要参加生产劳动。

分田到户之后，我已是少年，父亲年近七旬，母亲年过五十，二姐比三姐大三岁，三姐比我大三岁，对于我们这个五口之家来说，劳动力薄弱是尤为明显的，我作为唯一的男孩自然也就成了家中依靠的一名重要劳力。每年“双抢”之时，正是暑假，我从中学回来，随即就要投入到紧张的“双抢”之中，那些“双抢”的艰辛，也就体会得更为深刻。

割禾的日子，金黄的田野上，到处都是忙碌的人，打禾机的嗡嗡声也时远时近地传来。为了趁凉快好做事，我们每天很早就起床，来到稻田里割禾，各人手持一把月牙镰刀，俯首曲背一字排开，从稻田的一端割开口子。割禾需眼疾手快，左手张开虎口，朝禾蔸处推握过去，右手的镰刀随之割下，嚯嚯有声。每割一手稻禾，镰刀一搭，顺势扭腰往侧后一放，又迅速地割着。这时候，禾苗的枯叶和稻穗，不时从裸露的手臂擦过，留下丝丝划痕；成群的稻飞虱和各种飞虫也蜂拥而出，仓皇飞舞，扑叮在脸上、手脚上，又痒又痛。只需一阵儿工夫，我们身上的衣服就会被汗水浸湿。太阳出来之后，背上更如火烤，田野上感觉一丝风都没有，闷热难耐，脸上的汗珠时时都在流淌滴落。有的夜晚，月光明亮，我们也会在吃过晚饭后，开夜工割禾。夜里割禾需面对月光，这样看得清晰，不至于割伤手指。比起白天割禾，夜里凉爽，村中有的勤劳之人，甚至通宵达旦劳作。

打禾需要好力气。分田到户之初，打禾机作为原来生产队的大件农具，通常是几户人家共同分得。因此，打禾就需要排队。通常是，前一户人家刚打完一丘田的稻谷，另一户人家赶紧过来抬打禾机。各家的稻田并不一定相挨着，有的还离得很远，这样，每天同一台打禾机总是不断地被人抬来抬去，在田野间穿行。

打禾机宽大又笨重，长方体的桶身围护构件由结实的木枋木板制作而成，尤其是在水浸烂泥田打过禾后，底部饱吸了泥水，更重了，再加上里面的铁齿滚子，少说也有一二百斤。抬打禾机是件苦差事，在生产队的时候，一般是安排年富力强的中青年男子。分田到户后，对于成年男子较多的家庭，抬打禾机不成问题，但在我们家，就成了一件难事。通常是二姐和我抬打禾机的桶体，三姐则挑侧板和滚子。每次我们家割完一丘稻田后，我们姐弟三人就要去别人的稻田里，把刚刚空闲下来的打禾机拖上田埂，拆卸下侧板和滚子，翻个底朝天，才能抬上肩膀。二姐抬前面，我抬后面，一路跌跌撞撞跟着她，沿着弯弯曲曲的田埂前行，即便我的肩膀被打禾机的桶壁压得疼痛欲裂，也只能咬牙忍着，一直要抬到自家稻田里，才能放下。

装配好打禾机，我们用手拨动打禾机的滚子，脚踏板在铁连杆的带动下缓缓上升，猛力踩踏一番，打禾机顿时发出嗡嗡的急促鸣叫，响彻烈日下的田野。我们三姐弟负责打禾，你追我赶，不停地往返于打禾机和附近割倒的稻禾之间。每掐来一大手禾，我们一只脚立于踏板台，一只脚踩着踏板，双手顺势将稻穗伸进打禾机，触着飞速旋转的滚子，并不断扭动稻穗。嗡嗡声里，谷粒飞溅，打得板壁噼噼啪啪直响，有的甚至射出来，打痛我们的手和脸。

父亲在打禾机后面忙碌着，他的腰差不多弓成了直角。他俯着头，双手伸进打禾机的大方桶里，不停扒拉着稻谷及零碎的稻秆、稻叶、稻穗。这些零碎之物，我们俗称毛芽（方言读音），父亲粗略拣出来，装进他身旁的旧谷箩。方桶里积聚的一层厚厚稻谷，父亲则用撮箕撮出来，倒入新谷箩。当我们打禾之时，他几乎难有直立身子的时候，背上褪了色的蓝布旧衣服，被汗水和太阳共同雕刻出了一大片圆圈状的盐霜花纹。

当一处的稻禾打完了，我们便拖着打禾机的两个前耳向前方滑行，父亲在后面用力推着，软软的泥面上，留下两道光滑的深泥痕。此时，若是谷箩全都装满了，我和姐姐便挑了稻谷送回家，父亲方可以坐在田埂上，掏出薄膜烟袋和火柴，卷一根喇叭筒子吸着，稍事歇息。有时，父亲也会挑了一担毛芽送回家。毛芽里面混杂着谷粒和细碎的稻穗，等晒干了，用木杵敲打，过了筛，能得到不少稻谷。

母亲早已将我们屋旁的自家禾场清扫干净，她负责晒谷和全家人的一日三餐。我们将稻谷倒在禾场上，母亲就拿了刮板，将谷堆刮开，再用梳板一遍遍梳理，将稻谷梳得厚薄均匀，如同在禾场上摊开了一块金黄的大烫皮，烫皮上是一圈圈清晰的梳齿痕，看起来很是漂亮。

这段日子，除了吃饭，我们大白天几乎都在烈日下割禾、打禾、送谷、送毛芽，一丘稻田收割完了，再到另一丘稻田。傍晚时分，一家人共同在禾场上收谷、车谷、过秤，计算着稻田里的收成。而后将晒好的稻谷，一箩一箩用手臂粗的麻绳扯到楼上，倒入谷廒存储。

几天过后，村前原本金黄的稻田，收割得干净而空旷。家家户户又忙着犁田、耙田、扯秧、莳田。插早稻的一切工序，重新又经历一遍。不同于春插的是，此时在毒辣的太阳底下，背上晒，田水烫，汗水淋淋，如同受刑，手指脚趾间烂得没一处是完好的。尽管如此，当广阔的稻田终于赶在立秋之前插满了晚稻秧苗，满眼又是一派浅绿的生机和再度丰收的期许，对于我们农人而言，还有什么比这更让人感到欣慰的呢？

双抢

交公粮

“双抢”一结束，炎炎烈日之下，交公粮的任务随即落到乡人的头上。

我的故乡八公分村，距离洋塘冲约十里。洋塘冲是一个较小的自然村落，不过因其交通和区位的优势，这里成了人民公社所在地，那时叫红星公社。后来公社撤销，取而代之的是洋塘乡人民政府。与之配套的卫生院、供销社、粮站、食品站、烟草站、饭店、中学……也都呈众星拱月状聚集在这里。

长久以来，从故乡到公社只有一条羊肠小道，过田野，经村落，翻山岭，多数路段为青石板铺筑。每年盛夏交公粮的那段时间，各生产队就会安排劳动力，挑了刚收上来的稻谷，按照公社下达的任务，足额交到粮站。这些稻谷，都是已经晒干，并且去除了秕谷杂质的，十分干净且饱满，质量高于村民自己留着吃的。否则的话，粮站工作人员经扦插检测，如发现尚有水分或秕谷，就会拒收，或要求就地在粮站大院里的禾场暴晒干透，重新用风车车一遍，或要求重新挑回村庄，换了好谷再来上交。乡人淳朴，对国家分配的任务，绝不敢敷衍，上交的公粮总是保质保量。

有一年，在我们村庄对面的山脚下，一条黄泥巴公路开始修建，我的父母、姐姐和村里的男女老少，每天从早到晚，都在各自分配到的地段，挖土，挑土，沿线人多如蚁。公路渐渐成形，从北面朽木溪村后的山脚而来，蜿蜒着经过我们村前的一带山岭，再往南向着更远的村庄而去。在我童年的目视范围之外，这条公路的两端都消失在起伏的群山之间。我那时只知道，公社在朽木溪那边很远的地方。记得第一次通车，场面可谓壮观，几辆解放牌汽车和大型拖拉机，从朽木溪那边慢慢开来，车上插满了红旗，放着高音喇叭，全村人几乎倾巢而出，无不跑到公路上去迎接围观，开心而激动。我也紧跟喧闹的人群，追在车子后面欢笑着奔跑，我第一次闻到那柴油或汽油的尾气，觉得有股芳香的味道，用力吸着，十分好闻。这或许是我日后长途旅行从不晕车的原因。

我的二姐比我大六岁，很早就辍学了，在家务农。因我大姐出嫁早，父亲年事又高，好些年，二姐是家里的主要劳力。有时生产队安排送公粮，二姐也是其中一员。二姐曾多次说到，有一回她去公社交粮，差点被大型拖拉机压死。那天早上，她与生产队的一行人各挑了一担稻谷，经过村北石拱桥的时候，看到一辆大型拖拉机从南面而来，同行的人鼓动她去拦车，她走到公路一处转弯的地方，呆呆地站在中央，看着拖拉机开到面前也不知回避，吓得那司机紧急刹车，把她大骂一顿。其他人把担子都放车上了，司机唯独不准她搭车。众人多次求情，二姐和她的一担稻谷才上了车。

分田到户的最初几年，也还交公粮。选一个盛夏的大清早，二姐和父亲就各挑一担新稻谷，一路走走歇歇，送到乡粮站去。那样的炎热天气，粮站内外全是来自各村的交粮人，排着很长的队伍。即便等上大半天，肚子饥饿，他们也不舍得去买点东西吃。待验了粮，过了秤，满身汗水挑着空谷箩回到家里时，已是太阳西斜。

我上中学时，曾多次从乡粮站旁边经过。那是一座红砖瓦房的大院子，前面是一道高大的铁栅栏门，敞开着，偶尔看到车辆进出。那时候，对于农民来说，粮站是神圣的地方。能够在粮站工作，吃上国家粮，是极为令人羡慕的。在我舅舅村里，有一个叫德寿的表哥，是近亲，在桂阳县一个乡镇的粮站工作。我每年去舅舅家拜年的时候，长相白胖笑容可掬的德寿表哥，一直都是酒席上深受尊重的人。

随着稻田的连年丰收，交公粮逐渐演化为交公粮代金，再以后

交公粮

成了农业税。农民不再上交稻谷，而是折算成钱款。不过，除此之外，农民身上承担的其他税费也多了起来，特产税、教育费附加、乡统筹……名目繁杂。有的年份，平均一个农民的身上，需要交纳的税费接近一百元，对于很多家庭来说，实在是一项沉重的负担。况且，在上交这些税费的时候，各家还得筹措子女的学费，常苦不堪言。为了交纳这些税费，在“双抢”之后的那段日子，每逢赶圩的日子，乡人卖谷的、卖米的、卖花生的、卖豆子的、卖红辣椒的、卖鸡鸭的，甚至杀猪卖肉的，络绎不绝，只要是能卖钱的，各家都会想尽办法变现。

1987 年，我顺利通过高考，被湖南省建筑学校录取。开学前夕，按照高考录取通知书上的要求，我和几个至亲，一同挑了五百斤稻谷来到乡粮站，交纳我的口粮，办理我的粮食迁移手续。我第一次走进了这个神圣的地方，从此脱离农民的身份，成了家里唯一吃上国家粮的人。而我的亲人，还将继续履行着一个中国农民应尽的义务。

我们那时谁也不曾料到，十多年之后，中国政府全面取消农业税。故乡的农业和农民，从此步入了新纪元。

种烟

当大片的稻田开始用于种烤烟（口语化表达，区别于下文的土烟），时代的巨轮已进入二十世纪九十年代，此时的故乡农人，对种稻的积极性已渐不如前，而远赴广东，进城务工挣钱，愈发成为许多青壮年劳动力的首选。

在故乡，种植烤烟的历史，至少可以追溯到生产队时期。那个时候，村庄的园土里种有两种烟，土烟和烤烟。土烟多为年老的男子所爱好，据说抽起烟来，力道更大更过瘾。曾有多年，我的父亲每年都要在自家的自留地里种上几棵。土烟秆茎粗壮如臂，烟叶肥大如扇，碧绿油光。土烟长成后，用刀从根部砍断挑回家，或整株悬挂在屋檐下任其晾干，或将烟叶平铺在专门的大篾篷夹层，靠墙放在厅屋里，天晴则移到屋外晾晒。烤烟则由生产队大片种植，尤其是那些远处的山沟旱土，种得更多。小时候，我也曾跟随父母去摘烟叶，返回村里后，又帮着他们把烟叶绑扎在烤烟棍上。那众多烟秆顶梢上高高盛开的粉红繁花，曾愉悦过我的双眸，至今仍照亮着我的童年记忆。

分田到户不久，我家在村庄南端建了新瓦房，旁边就是我家所属生产队的饲养场和烤烟房，那时已废弃。那烤烟房像一座独立的旧碉堡，里面逼仄，地面盘曲着散热的大瓦管，我们俗称河洞，一节一节连起来，犹如硕大的猪肠，多已破烂。烤烟房的内壁，是一层层的木架，原是用来悬挂扎好烟叶的烤烟棍。昔日每次烤烟的时候，木架上都要塞得满满的。隔几天打开烤烟房门，便是一屋子金黄干燥的烤烟。烤烟房的室外，紧挨着一面墙壁，有一个巨大的深方坑，是烤烟时烧炭火的地方，那炉火的热力昼夜不停地进入水桶般粗大的室内瓦管，将烟叶烤好。这栋用土砖建成的烤烟房，后来在一场大暴雨中垮塌了。

有好些年，村人勤于种稻。各家的稻田，都种植早稻和晚稻两季，几乎没有闲田。加上杂交水稻的普遍推广，农药、化肥的广泛使用，产量提高，连年丰收，家家谷廒满仓，温饱得到解决。如今看来，这也堪称故乡稻作农耕最为鼎盛的时期。

后来随着市面上烤烟收购价格的攀升，县乡两级政府将烤烟的种植作为重要财源，并大力推动，村里种烤烟的人家一时便多了起来。种烟需要高投入，建烤烟房，购买农药、化肥，购买煤炭，还需众多劳力，并懂得烤烟技术，这也就决定了种烟的人家毕竟是村中少数。我家在分田到户之后，就一直没有种过烤烟。

每年收割了晚稻，种烟的人家就开始犁田，晒干泥土，为来年种烟做准备。看到那一丘丘翻耕好的烟田，干枯无水，我曾暗暗为泥鳅、黄鳝、小鱼、小虾等水生物感到惋惜，在这样的环境里，它们必死无疑。春节一过，烟田里便忙碌开了，乡人忙于挖烟田，将泥土堆积成行，每行泥土宽四五尺，能并排莳上两行烟秧。行与行之间，是深阔的壕沟，供人通行和雨季排水。早期种烟，烟秧需各户自行在园土里撒籽培育，秧苗满一个月龄期，即移栽下田。

烤烟的田间管理可谓烦琐。整个生长期，需在不同的阶段，施放尿素、过磷酸钙、复合肥等不同的肥料。烤烟也极易生虫，烟叶上的青虫，有时靠人工捉了捏死，反反复复，尤为耗时。即便喷洒农药，也得多次灭杀。此外，烟叶病也要不时地防治，还有烟叶茎上侧生的枝芽须随长随摘，以免影响烟叶的生长……

烟田的选择也有讲究，得尽量避开江边田。有一年，村里一户人家在紧挨江边的两丘大田种了烟，高大碧绿，长势十分之好。可就在临近摘烟叶之时，一场突如其来的大洪水，漫过江岸，浸没了烟田，当洪水退去，烤烟悉数死去，损失惨重。

进入五月，开始摘烟叶。通常，一株烤烟能长十片上下的大烟叶，从下往上依次成熟泛黄，每次摘两片许。摘烟叶的当天，必须将烟叶绑扎好，并送入烤烟房，生了炉火进行烘烤。几天后，一房烤烟烤好，再接着摘烟叶。如此，往往要持续一个月左右。等到盛夏，当农家辛劳的汗水换得一房房烤得金黄的烟叶，烤烟的收购也随即展开。作为地方财源，那时各级政府严厉打击私人收购。各地保护主义也很严重，县与县之间，乡与乡之间，都相互设卡，限制跨境收购和贩卖烟叶。在我们村，各家的烟叶，必须送到乡政府所在地的烟草站去，由专业技术人员定级别，称重量，折算现金。总的来说，在扣除各项成本之后，种烟的收入远超种植水稻。

摘完烟叶之后的烤烟田，砍掉光裸的烟秆，挖掉根蔸，重新蓄水翻耕，种植晚稻。那些湿漉漉的长烟秆，一根根放置在禾苗之间的田水里浸泡，沤烂表皮和内芯，日后再收上来，清洗晒干，可做柴火。烤烟田因曾施放过充足的化肥，加上烤烟的根茎又有良好的杀虫效果，种晚稻时不需再追加肥料，就能长出一季好稻子。

分田

在故乡，田土山包产到户，是在 1982 年。其时，我十三周岁，已上初中，二姐和三姐不再上学，是家中的主要劳动力。我家所在的生产队一共三十多户，我家五口人，共分得两亩半多一点。

直接参与第一次分田的过程，自然是我的父母和姐姐。那段日子，稻田里每天都是各生产队在组织社员丈量田亩，拉尺、打桩、挖标记、画石灰线、记录、归类、监督，众人都亲力亲为，一丝不苟，忙碌而认真。

我们生产队的稻田有秧塘、好田、江边田三个类别，各类按人均面积划分成小块，确定顺序与排号后，再统一抓阄，按各户抓到的序号和家庭人口数量，决定稻田的位置和大小。在那个以稻田为唯一收入来源的年代，分田充满了仪式感，也伴着某种宿命感。第一次分田，我们家是父亲抓阄，这次运气不错，秧塘就分在村庄南端，刚好位于我们家新房基的前面，仅隔着一条水圳，十分便利。我们家的好田有两处：一块大田位于村北油榨坊后面的石板路边，地名叫油榨背；另一块小田与大田隔江相望，紧邻山脚黄泥公路下的一条水圳，地名叫庵子背，源于附近曾有一处旧寺庙，我们家的江边田也在那边。

分田到户的这年年底，我们家的新瓦房建成了，除夕前稍做粉刷后，我们就匆匆搬进了新居。建房原本没这么快的，恰好大姐家上一年烧了一窑砖瓦，她子女还小，并不急于建新房，就提出先把这一窑砖瓦借给我们家建房。当年盛夏，为了节省建房的火砖，我们一家人在房基前自家秧塘里挖田泥打土砖，挖成了一口深池，种秧已然不可能，索性就修了出水口和入水口，加固了田埂，蓄满水，做了小鱼塘。

在新居过了第一个春节，我迫不及待从江边的高杨上砍来枝条，插在我们家门口的水圳边。杨树极易成活，几番春风春雨，就披满了绿叶，倒映在水圳和我们家的鱼塘里。我也经常捉了鱼虾、蚌壳、田螺，丢进鱼塘。后来，这排杨树长得高高的，我们又在杨树间栽上冬瓜、瓠瓜、苦瓜、丝瓜，在鱼塘里打了木桩，搭了瓜架。苦瓜和丝瓜的藤蔓攀缘杨树枝条，冬瓜和瓠瓜的枝叶则爬满了整个瓜架。开花结瓜的日子，蛙鸣虫吟，鱼儿浮游，十分美好！

生产队虽已解体，但事实上，还长期隐性地存在着，名称换成了村民小组，主要功能体现在调整田土上。按照规定，田土山自包产到户后，需三年一小调，六年一大调。不过从整个村庄的情况而言，油茶山自分到户后，就一直未曾调整，不断调整的只是田土，而尤以调田最为人所关注。

婚丧嫁娶，人事代谢，各家的人口数量处在动态变化中。在那样一个以农耕为主的年代，一家的生计全靠田土山得来。增添了人丁的家庭，都迫切希望调进田土，而人口减少的家庭，自然成了调出田土的对象。在小调的年份，调出的人家，往往只愿意调一部分劣质田土出去。到了大调整的年份，整个村民小组的田土，又归集起来，重新抓阄，按新的人口平均分配。

在我们村庄，四个村民小组调田调土的年限和力度并不完全一致，有的调不动，多年不调；也有的调得频繁，我家所在的村民小组就是村里调得最频繁的。

我家第一次调出田土，是在二姐出嫁之后，那时，我正上高中。后来我考上中专，吃上了国家粮，我的那份田土又迅速被调走。家里田土不断减少，位置不断变化，让我感觉到时光的流逝，也深深领略了世态的炎凉。

在我们家，最让人牵挂的是那口小鱼塘。好些年，每到年底干塘，我们都能捉上几条大草鱼和一些杂鱼，是过年的美好记忆。塘边的瓜架，年复一年开花结瓜；塘里的几丛高笋，年复一年谢了又绿；塘岸那排高过屋顶的杨树，炎日下为我们遮阴，月夜里树叶沙沙，送来凉爽，这些都已经深深融入我们的生活。这排高杨后来全砍了，我们又重新栽上几棵橘子树。没过几年，橘树也长得高大繁盛，开花时节，繁花如星，芳香浓郁。

为了保住这口小鱼塘，每到调田分田的时候，父母亲都要赔好多笑脸，给别人家讲好话，用更多的田亩和家中最好的田块，去跟抓阄分到这口池塘的人家交换。

1989 年，我中专毕业，分配在永兴县城一家国营小建材厂工作。工厂效益差，经常停产放长假。有两三年的光景，我大多数日子在家务农，偶尔也外出打工。这期间，三姐出嫁，家里的田土只剩下父母二人的，其中有一块带状的小干旱田，靠近我家的油茶山脚，夏秋干旱季节，我每天早晚都要提着一个铁桶，浑身湿透地站在齐腰深的水圳里给禾苗斛水。

那口小鱼塘终于不保，抓阄分到的人，不肯跟我们调换。池塘易主，岸边的橘子树随即也遭了殃，对方以池塘新主人的身份，恣意砍去枝条，说这些橘子树已经影响到他家养鱼和种瓜。父母即便心痛，却也无奈。今日砍，明天挖，没过多久，我们家门口这排曾经是村子里最茂盛的橘子树，竟然被砍得只剩下孤零零的一棵，而且这一棵还被剁去了大半的枝条。

2001 年，门前那棵唯一幸存的橘子树再度开花的时候，母亲去世了。父亲八十八岁，年迈体衰，我接他进城居住。家中仅剩的那点稻田，就交给了大姐来耕种。四年后，父亲也追随母亲而去了，遵照他的遗愿，我将他安葬在了我们自家的油茶岭，与母亲紧相偎依着。这样，父母的田土也很快被人分走了，就像他们存于人世的证明，也不在了。

第 二 辑

作土

烧火淤

淤，在故乡，指的是农家土肥，照现在时尚的说法，叫有机肥。淤曾是故乡农人种植农作物的必备，其种类和名称多样：猪栏淤、牛栏淤、圳坑淤、大淤、小淤……

猪栏淤就是垫在猪栏里的稻草或茅草，经过猪粪便的长期浸泡而乌黑发臭蚊虫滋生的混合物。那时候家家户户养猪，每户人家隔上一段日子，就会把自家的猪栏清理一番，把猪栏淤清出来，堆在附近空坪，码成大的长方体，任其发酵，这过程俗称出猪栏淤。清理后的猪栏，重新垫上干净的稻草或茅草，它们又将成为下一轮的猪栏淤。牛栏淤也是如此，只是在生产队时期，农人自家并不养牛。分田到户后，养牛的人家也远没有养猪的多。圳坑淤就是房前屋后阴沟里的沉积物，杂草烂叶尘土混杂在一起，乌黑肥沃，是蚯蚓尤爱躲藏的地方，偶尔清理出来，也是很好的淤肥。至于大淤，则是茅厕里大粪的雅称，小淤就是小便桶里蓄积的小便。长久以来，乡间的住宅和茅厕是独立成片，分隔较远的，住宅的卧房角落放有小便桶，由此才有了大淤和小淤之别。

乡间还有另外一种淤，是园土作物必不可少的，这就是火淤。顾名思义，火淤自然与烧火相关。只是烧火的用材、时间、地点各有不同，因此火淤又有好几种。

最常见的自然是柴灰火淤。旧时的故乡，每户人家一般都有两个砖灶，其中一个是在灶屋里，用来煮饭菜的，叫正灶；另一个则是给猪煮潲的，方言叫畹灶窝（读音），比正灶大，多砌筑在大厅屋的一角，或者屋旁搭建的简易木棚下。人吃三餐，猪吃三顿，长年累月，天天如此。无论煮饭菜还是煮潲，乡人多是烧柴火。干茅柴在灶膛里噼噼啪啪地燃烧，火光熊熊，卷起烟尘，最终都成了火星子，成了灰烬。

童年、少年时代，我的一个日常重要职责就是上山捡柴。我们一帮同龄伙伴，常成群结队到村边油茶山上捡拾干柴，缚成结实的柴捆子扛回家。这些茶树柴耐烧，火力大，又干净，多是用来煮饭菜的。

相比而言，煮潲耗柴更多，我们通常是砍割荆棘茅柴，湿漉漉地挑回家，放在空地里晒干待用。许多时候，我的母亲和姐姐，也常用竹筢子挑了谷箩，到茶树山上搂掉落地上的乌黑茶树叶，或者到枞树山上，搂那落满一地的金黄色的枞毛针，用来喂填煮潲的大灶膛。

当正灶的灰坑满了，煮潲大灶膛里的柴灰积得厚了，我们就会用灰勺或铁刮子掏出来，装入筛子，挑到存放柴灰的地方。有的人家甚至还有专门的灰屋，与猪栏相邻，不时舀了猪的粪便泼在柴灰上，以增其肥。平日里打扫鸡栏鸭舍，我们也将那些鸡鸭的粪便提来，倒在柴灰堆子上。日积月累，柴灰火淤堆得高高的，像个小山包。

到了天寒地冻下雨下雪的日子，山上的柴火难以捡回家，正灶就开始烧炭火。那些燃过的炭灰也同样积存起来，成了炭灰火淤。

作为园土里的肥料，柴灰火淤和炭灰火淤一年四季皆可使用。点麦子、高粱、花麦、黄豆，种花生……将种子拌上火淤撒在土槽沟或土坑里；莳辣椒、莳茄子、莳苦瓜、插红薯、点萝卜……先在土坑里撒一把火淤，作为疏松透气的底肥。

每年的秋冬季节，是野外烧火淤的好时候。生产队时期，在秋收后的稻田里烧火淤，曾盛极一时。稻田烧火淤过程烦琐，先是将收割后的稻田晒干，而后社员们用长柄铁锄，粗重的为镰刮，轻巧的为草刮，一一将干枯的禾蔸连同一拳厚的泥土挖了翻转，再晒上几日。之后，村人从山岭砍割茅柴，一担担挑到已挖垦的稻田里，同样任其晒干。到了烧火淤的日子，众人将干茅柴一大堆一大堆地铺好，用竹筛挑来带泥土的禾蔸掩盖在茅柴上，形成高而尖的大火淤堆子。每一丘稻田，通常有好几个这样的火淤堆。黄昏时分，点燃了的火淤堆子浓烟滚滚，诸多黑色的大烟柱升腾至半空，场面十分壮观，宛若古代的战场狼烟。到了夜里，村前一丘丘稻田里的火淤堆子，仍然能看到红红的火星。

火淤堆子烧透之后，原先的泥黄色变成了红色。待其冷却，村人将这些大堆子用铁锄扒开，挥舞着沉重的硬木连枷，将烧干的泥块击碎，过筛后，成了粉末。而后挑来大淤，浇泼在粉末之上，拌和均匀，叫作拌火淤。拌好的火淤重新上堆，盖好稻草，任其发酵待用。

那时候，各生产队每年秋后都会在稻田点种大片萝卜。那些烧过火淤的稻田，在又一番挖垦整理之后，撩成一行行的浅土沟。那一堆堆发酵过的火淤，拌上萝卜种子，均匀撒在土沟里，又重归稻田。这种火淤尤其干爽透水，又肥沃，长出来的萝卜绿油油的，十分茂盛。

秋后，杂草渐趋枯萎，也是园土作物换季的时候。将园土里过季的辣椒、茄子以及各种瓜蔬的藤蔓拔了，晒上几日，再刨了附近的草皮连带表土，堆于一处，也可烧成火淤，拌上大淤或小淤后，作为栽种冬季作物的肥料。

挖土

就像稻田插秧之前需要犁田一样，在园土里种植作物，同样需要挖土。不同的是，犁田借助耕牛之力，用的农具是犁，挖土则只能是人力完成，使用一种结实沉重的长柄三齿锄，我们俗称搭锄（方言读音）。再者，稻田插秧只有早稻、晚稻两季，而园土作物一年四季都有轮作，因此，挖土就成了乡村日常的一件辛苦农活。

在故乡，园土的分布十分零散。村前江流两岸的山脚和山冲，凡是不能作为稻田的地方，一般都成了园土，一直延伸到周边邻村的边界。有的地方，甚至与邻村的园土相互交错。那时，我们村庄一共四个生产队，各生产队的园土大致成片，在不同的区域各有侧重。即便如此，就我家所在的生产队而言，成片的园土仍然有五六处之多，且大多在江流对岸的各条山冲里。这些园土，有远有近，有肥有瘠，大多为红壤土，最好的是黑壤土，也有的是带砂的白泥土。田土山分到户的时候，每户人家在不同的地方都有一份或大或小的园土，我们家也不例外。

很长一段岁月，除了稻田外，村庄里的园土也主要是用来种植诸如小麦、黄豆、花生、红薯等粮食作物，只有自留地是用来给各家栽种供人吃和喂猪的种种菜蔬。包产到户后的早些年，村人也还都是这样。

农历二月，点种黄豆，挖土种豆正当其时。最初的时候，我们家的黄豆土是在东茅岭的那条红壤山冲里。这山冲被一条自东向西的溪涧隔成两半，我家的黄豆土位于进冲的左岸，长方形，北高南低呈斜坡状，北端邻近林场的红砖瓦房，南端紧抵溪岸，两侧是尺许宽的土埂，连着别人家的土块。挖土这件耐力活，自然是以我的父亲为主。他虽然年事已高，但作为一辈子务农的老农民，他那双生了厚茧子的大手已惯于握锄挖土，且经验丰富。

父亲每次肩扛搭锄出门之前，总会查看一下锄柄是否松动。如果有木楔子破了、松了，他就会拿出柴刀或斧头，找一块小硬木，砍削成合适的楔子，打进搭锄头的铁套环里，将硬木柄挤压紧实，再将搭锄扔进门前的溪水里，将木柄、木楔浸泡一阵儿，让它们与铁套咬合得愈发紧密。

父亲沉默少言，性格平和。他挖起土来，很有范式。父亲挖黄豆土，从溪涧边一角开始。他卷着裤腿，赤着双脚，每一次高高挥锄挖下，他的胸腔里都会不自觉涌出“哼”的一声，尖锐的锄齿深深扎入泥土，再一撬一拖，翻转一大团泥土。随即，他俯下身子，空出一只手来，捡拾土团上的杂草，扔到田埂上。父亲的这套动作，标准而机械，一直不断地重复着。他身后挖过的红土壤，色泽鲜艳，水分充足，松松散散，面积也越来越大。有时候，父亲挖得久了，累了，就会停下来歇歇，或者干脆将搭锄放倒，坐在木柄上，从衣服口袋里掏出装着土烟丝和纸张的薄膜袋，卷了喇叭筒子，划了火柴，津津有味地吸烟。

黄豆下种之后，又得挖土点种花生。乡人的经验，花生这种作物，不能连续两年种在同一块园土。否则，就会出现瘟蔸现象，成片死去。我们家的花生，通常在不同的土块间轮作，无论东茅岭，还是土家冲、杨家湾、丰产庙、高岭坳上，但凡我们家的园土，都曾轮种过花生。令人不解的是，在园土作物里，辣椒也同样具有花生这个奇怪的特性。

端午节前，金黄的小麦成熟收割。挖麦土插红薯，是这个时节的大事。这时候，天气已趋炎热，在大太阳底下挖土，即便戴着草帽，也是大汗淋漓。挖麦土很费事，一丛丛刀割后的干枯麦蔸茬子尖锐扎脚，它们的根须又发达，牵牵连连，深入泥土，与坚硬的土块联结在一起，挖起来十分吃力。对于翻挖的大土块，还得敲碎，就更慢了。而插红薯同插早稻一样，得抢节气，故而我的母亲和姐姐也得一块来挖麦土。年少之时，我也曾多次挖麦土，只是我的双手不善于握锄柄，通常几个回合下来，手掌指节处就起了大水泡，水泡皮破，里面红肉可见，特别疼痛。有时锄齿深扎泥土，土块翻不动，我就狠狠用力推着锄柄往后撬，甚至把锄柄自铁锄套环处生生折断。

盛夏酷暑，早稻收割之前，园土里的黄豆，叶黄梗枯，得抓紧砍割。早稻收割之后，花生又成熟了，得及时扯花生，否则一场雨下来，地里的很多花生就要长芽。那时，乡人有在扯后的花生土里掏花生的习惯，每一块花生土都会被一波一波本村的或邻村的男女老幼掏无数遍，掏得松散坑洼，高低不平。而坚硬板结的黄豆土，则需要自家人及时挖垦，好趁着烈日晒土杀虫，以利于下一茬作物的生长。

霜降前后，摘了油茶（俗称，实际指摘油茶果，下同），收了晚稻，紧接着挖红薯。这些红薯土，连同之前空下来的花生土和黄豆土，有的又得挖一遍，用来点种小麦，以便获得来年的收成。

我们家的菜园，一向在村南的丰产庙一带。后来，我们家建了新瓦房，便在附近交换到了另一块菜园，并在此建了新茅厕，生活愈发便利。白菜、萝卜、肥菜、风菜、莙荙菜、冬苋菜、辣椒、茄子、南瓜、冬瓜、苦瓜、丝瓜、高粱、葵花……以及姜葱芹蒜，一年四季，菜园里不断轮作。对于父母和姐姐来说，挖土更成了家常便饭。

故乡的园土，就这样年复一年被如我的父母亲这般勤劳的乡人挖垦着，种下了一茬茬的庄稼，传承着无限的生机，演绎着春华秋实的大地乐章！

种豆

旧时故乡的园土，一年里点种的豆类作物可真是多样：蚕豆、豌豆、菜豆、黄豆、绿豆、蛾眉豆、长豆角、八月豆……难以尽数列出。

在早春湿漉漉的园土里，首先映入眼帘的豆类作物，是蚕豆、豌豆和菜豆，这个时候，它们早已长得绿意盎然，生机勃勃。这三种跨年作物，都是点种于上一年的农历十月，通常各自成块，并不混种在一起。它们下种的过程，其实都差不多，无非是挖土之后，开出一行行的小坑，每坑丢两粒豆种，撒一捧火淤做肥覆盖即可。不几日，它们就能长出芽叶来了，给冬天的园土增添一片片绿意。同白菜、萝卜一样，这三种豆类作物，都不怕严寒风雪。

蚕豆种子扁如一节拇指，粒大饱满，长出的茎也粗，四棱柱状，中空有节，节上围绕着一层层的枝叶。春天开花时节，一丛丛的高挑茎秆上，繁花密集，白紫相间，状如彩蝶。结荚之时，无数个豆荚皆若碧绿短棒，荚壳厚而绵软，每一个豆荚里面都包裹着好几粒莹润的浅绿色豆子。

相比而言，豌豆和菜豆就更像一对孪生姐妹，很难让人一下子分清。二者的种子都呈圆球形，小指头尖一般大小，豌豆略为光洁，菜豆多皱且略为偏绿一点。豌豆和菜豆发芽生长之后，需培土成垄，交错插上长木棍或者竹子，任其茎蔓攀爬如绿篱。春天开花之时，是分辨豌豆和菜豆的好时候，豌豆开白花，菜豆开红花，交相辉映，灿烂如云霞。在昔日的故乡，豌豆结荚后，需要到豆荚老黄才摘。而菜豆的嫩荚，则时常摘来清炒，是时鲜的好菜蔬。

早稻插秧之前，园土里的蚕豆、豌豆和菜豆的豆苗，都会拔掉。摘下豆荚后，这些豆苗都可踩到田泥之下，作为上好的叶肥。新鲜的蚕豆、豌豆和菜豆的籽粒，可直接煮食，也可与糯米饭同煮，味道都十分不错。晒干的蚕豆和豌豆，夏秋间可炒为佐茶的点心，嚼起来爽脆喷香。年底榨了新茶油，做年货之时，乡人也常以焖熟的豌豆掺进略带盐味的米浆，一同炸成油糍粑。油糍粑的面上，鼓着一粒粒圆圆的金黄色豌豆，我们叫作豆油糍粑，十分好吃。

村里有句民谚：穷人不信富人哄，过了清明乱下种。清明前后，黄豆、绿豆、蛾眉豆、长豆角、八月豆……就都纷纷下种点豆了。那个时候，黄豆是每一个农家的重要作物，不仅是园土里能卖钱的一种主要产物，而且过年做豆腐也离不开它。亦因此，在豆类作物的种植面积里，黄豆占的份额最大。

黄豆的下种，通常是将整块的大园土挖垦后，撩成一行行规整的浅土槽，槽沟里撒一层火淤，每隔数寸远，放三四粒豆种，再以松土覆盖。黄豆发芽后，苗叶长至数寸高时，需用镰刮或草刮之类的板锄松一次土，刨去杂草，将豆株根部堆成垄。记得年少之时，我跟随母亲和姐姐一起刨黄豆土的日子，多在晴天的上午，烈日当空，蓝天高远。我们戴着草帽，俯身握锄，在豆株间小心地刨着黄土，缓缓前行。各家连成一大片的黄豆苗，绿意耀眼，在山脚下恣意地延伸着。

点种绿豆则简单多了。乡人通常是在夏秋间用它来熬煮稀饭，以解暑热，有时也搞一些绿豆芽做菜，因绿豆用途较窄，故少有人用整块土地种植。多是在花生土或菜园的周边，用小棍子插一竖孔，放两粒绿豆进去即可，且两孔之间间隔较远。往常在稻田里，早稻插下之后，在田埂之侧，也如法炮制点种绿豆。绿豆虽小，长出的豆株却枝叶丰富，成阔大的一丛。待到开花结荚，绿荚如针，一丛丛地挂满枝叶之间。

春天的菜园里，蛾眉豆和长豆角，会先后种下。蛾眉豆多点种于菜园一角，出苗后，插了木棍，让其缠绕攀缘。蛾眉豆叶大如掌，茎蔓多分枝，长大后一蓬蓬的，密密匝匝。蛾眉豆开白花也是成丛成簇，结的蛾眉豆众多，串串垂挂，状如蛾眉，碧绿可爱。这种豆能长四五寸长，结实而沉，摘来后或煮或炒，是我们一年里最先吃到的豆类菜蔬。

长豆角一般是围着菜园点种一圈，同样是开小土坑，放火淤，交错插了高高的木棍，组成一圈围着菜园的篱笆。当篱笆爬满了藤蔓枝叶，就成了高高的绿墙，严严实实的。绿墙内，是辣椒、茄子、苋菜、葱、蒜等诸般菜蔬。长豆角开花时，状如紫色的小蝴蝶，通常成对而开，满墙都是。这时，蜂蝶翩跹而至，嗡嗡嘤嘤，生意盎然，是菜园里美好的时节。到端午前后，菜园里的长豆角和辣椒差不多就可采摘了。整个盛夏，长豆角和辣椒一样，成了乡村日常的主要菜蔬。我的母亲常在每天大清早摘了满满一竹篮来，或煮，或炒，或腌制，或晒干，十分丰饶。

秋风落叶，黄豆、绿豆早已收割多时，蛾眉豆、长豆角也先后谢幕，八月豆却正当其时。一户人家，或在菜园一角，或屋旁一隅，或池塘岸边，甚至沟坎之畔，点种一两株，就已足够。这种豆的植株长得极为繁盛，我们通常是砍来一棵高大的树枝，挖了坑，将树枝立于豆的植株旁边，任其无拘无束攀附生长，远观如同活生生的大树。我家菜园里，好些年都曾在土坎脚下种上一两株，豆藤蔓延到整片高高的土坎。八月豆开花时，一种开白花，结淡绿泛白的荚子；另一种开紫花，豆荚紫红，在秋阳里尤为明艳。成熟的豆荚如半月，我年少时，常爱提着小竹篮去攀着采摘，每次都能摘到大半篮子。

栽瓜

“惊蛰惊蛰，蚂𧊅生日。”这是故乡农人常说的一句口头禅。在我们当地的方言里，蚂𧊅指的是蛙类，青蛙叫青蚂𧊅，蛇蛙叫蛇蚂𧊅，癞蛤蟆被抓时常会从屁股里喷出一团烟雾，又叫烟蚂𧊅，如此等等。惊蛰一到，蛰伏地下的蛙类苏醒了过来，乡野的各处，日夜都能听到各种蛙的鸣叫，此起彼伏，热闹动听，充满了暖春的气息。这个时候，也正是红薯和各种瓜菜下种育秧的节气。

旧时的村庄，乡人栽种的瓜菜主要有南瓜、冬瓜、瓠瓜、苦瓜、丝瓜和线瓜，它们是夏秋间的日常菜蔬。这些瓜菜，或栽于园土，或栽于屋旁空地，或栽于溪岸塘畔，长得藤叶蓬勃，瓜果累累，曾是乡村的寻常景象。

瓜菜育秧，通常需在上一年留种。母亲在世的那些岁月，每年都会挑选各种瓜果中品相佳又壮硕者，留存作为来年的种子。留种多有讲究，所有瓜类的种子都不能水洗：南瓜取大而红者，剖切后，掏出一团连着红瓤丝的瓜子，晒干后收藏；个头大的老冬瓜切开后，取一团包裹籽粒的白瓜瓤，以铁丝钩子穿起来，挂在厅屋的一处墙钉上风干；瓠瓜则留几只用来做瓢勺的老瓜悬挂在屋里某处接受风吹烟熏，日后做瓢时锯开两半，掏一团干枯的带种子的瓜瓤保存；苦瓜通常是留一两根色白、粗壮、表面泡粒大而鼓凸饱满者，待其变黄开裂，露出红瓤籽粒时，摘下来，掏出血红的籽粒晒干收藏；长而粗的老丝瓜和老线瓜，摘来后，也是悬挂在屋里至干透，以后拦腰剪断，即可得到种子。

惊蛰育瓜秧，往常乡人大多是采用两种办法：或者在禾场上的红薯种育秧床留一小块，用来育瓜秧，或者就在自家猪栏旁筑一小块瓜秧育床。这两种育床都是用乌黑的猪栏淤堆砌而成的长方体，区别在于前者更为高大而长，宛若宽厚的黑城墙。育床上铺一层柴灰火淤，撒上各种瓜菜的种子，再以火淤覆盖即可。隔数天，种子先后发芽，拱出了育床。

瓜秧龄期满一个月，秧苗已长至一拳高许，茎叶健壮，这时到了清明节气，天气暖和，湿度也适宜，正好移栽。母亲每拔一株瓜秧，总要小心地从育床上带出一小团黑淤泥，这样利于移栽成活。各种瓜秧分别码放在竹篮里，嫩嫩翠翠的，生机盎然，看着就令人喜爱。

在菜园里栽瓜，根据各种瓜菜的生长规律，它们所处的位置各不相同。南瓜、冬瓜和瓠瓜的藤蔓善于匍匐攀爬，茎粗叶大，结瓜也大，所占地盘十分宽大。故而，栽植这三种瓜秧时，多是选择在园土的角落，紧挨着高坎和乱石堆的地方，以便利用空闲荒地。栽瓜秧时，开挖的土坑大如团箕，里面施放一两担猪栏淤作为底肥，再放了火淤和泥土，栽下一两株瓜秧。以后瓜秧的藤蔓渐长，将其往园土旁的高坎或乱石堆上引去，扩散开来，成了一丛丛蓬蓬勃勃的粗藤阔叶。苦瓜、丝瓜和线瓜的瓜秧，则多栽于园土的四周，与长豆角相间，日后插了长木棍，交织成网状篱笆，瓜叶藤蔓攀缘而上，成了浓绿的篱墙，共同围护着里面满园的辣椒树和茄子树。

不过，在我童年和少年时代的记忆里，每到栽瓜时节，房前屋后的阴沟，空坪里的淤泥堆子，甚至路旁土边，也常有野生的各种瓜秧生长，它们多是由乡人切瓜做菜时扔掉的种子所致。有的时候，一些人补栽，也拔来这样的瓜秧栽种。

分田到户后，我家在村庄南端建了新瓦房，前临溪水和我们家的小鱼塘，屋后是高坎，北面是我们家的禾场和别人家的一口鱼塘。这里的环境无遮无挡，视野十分开阔。这里的空隙地也多，每年我们家都要栽上各种瓜菜：屋后是几蓬苦瓜，两行辣椒；禾场邻鱼塘的一角是一两蓬南瓜；门口溪岸下我们家的鱼塘上，搭建了瓜棚架子，几蓬瓠瓜和冬瓜爬满了棚架；溪岸上我们家的高杨，则多有丝瓜和线瓜的藤叶攀缘而上，尤其是丝瓜，攀得高高的，阔叶常在半空招摇。

开花结瓜的日子，新瓦房的家园让人倍觉美好。金黄色的南瓜花大如碗口，从团扇般的阔叶间伸展出来，引得蜂儿飞进飞出，嗡嗡嘤嘤。南瓜花谢，瓜儿渐沉，隐藏在绿叶之下。我偶尔走进去翻开瓜叶，新南瓜已然如钵似盆，皮色青亮，令人心喜。冬瓜开小黄花，瓠瓜开小白花，它们的花朵开得密集，绽放于池塘边的整个瓜架，瓜架下悬着的瓜儿越来越多，一同倒映在鱼儿浮游的池水里。高杨上的丝瓜花像一只只金色的大蝶，随风而动，长大的丝瓜，碧绿光洁，长如粗臂……

往后的几个月里，母亲经常会摘来新鲜的瓜蔬，经过简单的清洗和烹饪，做出简朴的菜肴。水煮南瓜、清炒苦瓜、丝瓜面汤……每一道寻常的农家菜肴，既是大地的馈赠，也是劳动的收成。

灌园

村旁的一块块菜园，维系着每一个家庭一日三餐的菜蔬供应。从春到冬，随着季节的变换，菜园里的菜蔬品种也变化着，生长着，绿意盈盈，总是充满了生机与活力。

故乡人的饮食习惯里，辣椒不可或缺，无论夏秋间以时鲜的青辣椒、红辣椒做菜，还是冬春间以腌制的酸辣椒、剁辣椒做菜，或以干辣椒和辣椒粉做诸般菜肴的调料，一年中都离不开它。因此，在清明时节，每户人家挖了一两块或大或小的园土，莳上辣椒秧、茄子秧，点种豆角和其他诸般瓜菜，也就是再自然不过的农事。在生产队的时候，菜园属于自留地，各生产队的菜园大致分布在几处固定的区域，每户人家菜园的面积也有严格的划分。田土山分到户后，各家如何安排菜园，灵活性就明显大多了。

夏日的乡村菜园，真是一个令人赏心悦目的地方。故乡人家种菜的习惯，园土的四周通常点种长豆角、丝瓜、线瓜、苦瓜乃至葵花、高粱，待豆角苗和瓜秧长得尺许高时，沿着土边插一圈修长的木棍，交织成网状篱笆，围护着里面的辣椒、茄子、苋菜、小葱。这些木棍，村人叫豆角木，高过成人，或是上一年用过的，或是刚从山间新砍的。待到豆角和瓜菜的藤蔓爬满篱笆并开花结果，俨然就是高大厚实的绿墙了，绿叶纷披，繁花斑斓。而蓝天白云，蝴蝶翩跹，野蜂嗡鸣，蜻蜓起落，飞鸟掠空，又正是这个时节菜园里的标配景象。

过了端午节，菜园里的辣椒和长豆角陆续进入了盛产期。记得年少时，我们在村南的新瓦房居住，每天一大早，母亲就已摘了满满一大菜篮子的青辣椒和长豆角回来，有时也装着不少茄子、丝瓜、线瓜、苦瓜、苋菜，鲜嫩嫩的，无不美好。

想收获一园好菜，也需灌溉得勤，尤其是在晴多雨少的盛夏。村人日常浇灌菜园，大多是成年妇女的活计。浇灌菜园，需掺和小淤或大淤，浊气浓郁，并不是一件轻松事。在我们家，年复一年、日复一日浇菜园的，自然是母亲。

母亲每天都跟菜园打交道，她自然知道什么时候该浇小淤，什么时候该浇大淤，差不多每隔三五天，就要挑了小淤、大淤将菜园浇灌一遍。浇小淤的日子，母亲从卧房里提出两只高大的木便桶，桶里积蓄着浑浊发黄的尿液，长柄的大竹筒淤勺也一并带上，而后挑到水圳边或池塘边，舀了水兑上，差不多满满一担，再低头曲背，步履沉重地挑往菜园，放在一处适宜的园土边上。母亲浇菜，无论辣椒、茄子，还是豆角、瓜菜，园里的每一株都不会遗漏。起初，她双手握着长柄淤勺，每舀一大勺子小淤水，会走进辣椒的行间，侧身倾斜着，将勺子伸向辣椒树蔸适量浇上，干涸的土壤顿时洇湿一大块。勺中余下的淤水，再浇灌下一株。她就这样拿着长淤勺，不停地在菜园行间进进出出，桶里的淤水渐渐少下去。当桶子能一手提得动时，母亲也往往会将淤桶提进菜园，一边浇灌，一边挪动，这样就浇得更快了。盛夏烈日，为了减轻土壤的水分蒸发，母亲还会割了茅草，铺在辣椒和茄子树下。

比起浇小淤，浇灌大淤就更不雅观了，既脏又臭。那时村间的厕所都大致成片毗邻，十分简陋，一律是低矮的瓦顶或茅草顶，里面很狭小，敞口的粪坑上面搁置几块长木板，板间留有尺许宽的缝隙，供人蹲着出恭。厕所用以避羞的，或是木门板，或是破旧的草席。当一个乡人，挑着满满两桶污浊的粪汤，穿村而过，走向菜园，一路都臭气熏天。好在乡村人家，这样的劳动场面大家都习以为常，面对一时的不洁并不深以为意。何况对于菜园，这样发酵透了的有机肥，是瓜菜生长所需的最好养分。

灌园

三伏天气，太阳如火，常常久晴无雨，菜园的土壤裂开能插进手掌。这样的日子，菜园里的作物很容易干枯而死。每年这个时候，乡人灌溉菜园就愈发勤快了，几乎每天都要浇灌，尤以泼水为主。在我上中学、上中专的那些年，泼水灌园的日子正值暑假，这也差不多是我每日的一项任务，并乐此不疲。

泼水灌园通常是在午后，太阳渐渐西斜，大片的园土里，各家的大人和孩子或挑着淤桶，或挑着水桶，或挑着潲桶，甚至铁皮桶，桶里的水面上漂着一只瓜勺。这一担一担的清水或浊水，来自村前的水圳、池塘，甚至江流。众人汗流浃背挑着，进入各自的菜园，一瓢瓢舀了，泼到辣椒树、茄子树和瓜豆藤蔓的根部，将干涸的泥土泼得湿透。渐渐地，原本晒得病蔫蔫的菜叶儿，饱吸了水分，又绿油油地恢复了精气神。

泼水灌园的日子往往要持续到农历七月中旬前后，此时天气转凉，雨水渐多。对我来说，那些每天挑水灌园的辛苦农事，也让我更真切地体会到一饭一菜的来之不易。

割杂粮

小麦、花麦、䅟子、黍和高粱曾是故乡的土地上常见的几种杂粮。

以种田为本的湘南乡村，很长时期以来，稻米和红薯是乡人赖以为生的主粮。在杂交水稻普遍推广之前，稻田的产量不高，普通人家仅仅依靠稻米和红薯很难解决一年的温饱。如此情形之下，杂粮作为辅助粮食，对于乡人的重要性不言而喻。

旧时的故乡，小麦是最重要的一种杂粮。在生产队的时候，每年都有大片的园土广泛种植小麦。分田到户后的几年，村里种植小麦的人家也不在少数。小麦是上一年的初冬播种，当园土里的红薯挖了之后，随即点种小麦。亦因此，在万物萧疏的寒冬，一片片广阔的碧绿麦苗，曾是村庄的原野上最富有生机的景色。相比此时空落寒冷的漠漠水田，麦田让人恍然如见春天的面影。而有时一场大雪下来，绿茸茸的麦苗上覆盖了厚厚的白絮，更让乡人欣喜：瑞雪兆丰年啊！

小麦黄熟之时，正值农历四月，早稻才刚插下不久。在经过了一冬一春之后，故乡的不少人家，此时廒里的稻谷和窖里的红薯已然吃光，靠着借粮来筹措一日三餐。小麦的黄熟，顿时化解了燃眉之急。割小麦多选择晴好的夏日早晨，此时干枯的麦穗不容易断。连片的麦田里，到处是手握镰刀的割麦人。在我的记忆中，麦秆高过人头，麦穗多芒，枯叶如剑，天气炎热，割起麦来常浑身又燥又痒，大汗淋漓。小麦割倒后，以绳子或指头粗的修长油茶树枝条缚成大捆子，一担担挑回村，置于禾场之上立着，麦穗朝上，以便让太阳暴晒。到了午后，太阳西斜，一块块大大小小的禾场上，满是打麦、扫麦、车麦或簸麦之人，男女老少，十分热闹。那时打麦的工具十分原始，一个三角木架上斜搁一块厚实的青石板，挥打击穗，费时费力。而收割后的麦田里，最初的几天，常有老人和孩子，提着竹篮，带一把剪刀，捡拾遗落的麦穗。

村旁有一座磨坊，位于江流的上游岸边。新麦打下后，磨坊变得活跃起来，那架生着青苔的巨大水轱辘，在水流的冲刷下缓缓转动不停。每天，不少乡人来这里磨麦粉，换面条。那磨坊院子里的干净空坪上，整日晾晒着细须般的新挂面，一行行，密密集集，如瀑如帘，远远就能闻到独特的芳香。

种小麦的那些年，乡村的习俗也因之而改变。在新麦收割之后的端午节里，故乡人家都是蒸馒头吃，圆圆的是实心馒头，半月状的是包了红糖的，垫在新摘的梧桐叶上蒸熟，原色原味，清香甜美。于今怕有三十多年不曾吃到了吧。

吃过端午节的新麦馒头不久，春天种下的花麦又到了收割时节。花麦学名荞麦，生长期短，在昔日的故乡，通常种两季，夏收一季，冬收一季。花麦耐贫瘠，乡人多播种在劣质园土，或者挖垦后的油茶山岭的树间空地上。花麦是红秆子，心形叶，开碎白繁花，结坚硬的三角状黑籽粒。花麦长得不高，带秆割下后，用箩筐或筛子挑回来，铺在禾场暴晒。傍晚，再以小木棍（俗称花麦棍）击打脱粒。花麦棍通常成双使用，大小如指，长二尺许，双手各执一根。打花麦时，人蹲在地上，两手挥舞棍子，对着面前的花麦敲打，轻快，迅疾，富有韵律，宛若手舞。旧时在生产队，众人一齐打花麦的场面十分美好而壮观。

同花麦一样耐贫瘠的，还有穇子和黍，它们产量不高，乡人多以山边贫瘠园土播种。童年时代，穇子是我们尤为喜爱的，原因在于那扁扁的秆茎嚼来味甜，因此在它们成长的过程中常为村童所偷折。穇子的穗像大鸡冠，又像指爪，在茎端举着，茸茸的，厚厚的，十分粗糙。黍的植株则像一丛巨大的兰花，结的大穗子像一条狗尾巴，成熟后，黄黄的，向下垂着。穇子和黍有一个共同特征，籽粒细微如砂。农历六月间收割穇子和黍时，也与众不同，通常是以镰刀仅割取穗子，秆茎则日后再割倒，晒干了，一把火烧掉，给贫瘠的土壤增添肥力。割来的穇子穗和黍穗，铺于禾场暴晒，以连枷重击，获取籽粒。待收拾妥当，去除杂质，箩筐里的收获也十分可观。

相比而言，园土里的高粱成熟得晚，砍割高粱通常在早稻收割之后。高粱出穗有先有后，成熟有早有迟，同一块高粱地里，砍割穗子也要分好几批进行。故乡的高粱，普遍是高秆高粱，远比成人还高，穗子又长又大，状如公鸡尾巴，十分漂亮。故乡人家种植高粱，除可获得籽粒做粮食外，以木槌击打脱粒之后的高粱穗，也是日常扎制扫帚所必备。正是这个原因，在以上的几种杂粮里，高粱是分田到户之后多年，最后从故乡的土地上消失的，于塑料扫帚普及于农家庭院之后，它也逐渐淡出了乡人的视线。

割杂粮

砍苎麻

过了农历四月八节（当地一个传统节日），苎麻地里那成片茂密的高秆苎麻，又到了一年中砍割采收的时节。此时的村庄，放眼所见是一派欣欣向荣的深绿景象：连绵起伏的山林是深绿的，广阔田野里的早稻禾苗是深绿的，园土里的小麦和菜蔬是深绿的，甚至那深树掩映的一弯江流也是深绿的。而在晴好的日子里，这样的深绿愈发光洁明亮。

在故乡的土地上，苎麻的种植已不知历经了多少岁月，我少年时代生产队尚未解散之时，这种作物依然顽强地生长着。苎麻的纤维能搓成苎麻线，是家家户户缝补衣服，纳鞋垫、鞋底的必备，尽管那时纺织苎麻土布在村中已不多见。而剥去苎麻皮的白秆子，在稻田里浸泡后晒干，是乡人夜里照明的好火把。

那时候，每个生产队都有成片的苎麻地，我们生产队的苎麻地在村前江对岸一处名叫圆岭的油茶山脚下，临着一条小溪。苎麻是多年生宿根性作物，栽种一次，便可收割多年。种植苎麻是在农历十月末，将旱土一行行开挖成宽而深的沟槽，铺上猪栏淤，挑来塘泥，待其晾晒至干湿适度，挖来苎麻根蔸密密栽上，培土覆盖。来年春天，节候一到，大片的苎麻地便生长出绿意盎然的幼苗来。

苎麻长得快，秆茎笔直挺拔，粗细如指。它的叶片在顶部的枝梢丛生，状如圆卵，周边长满锯齿，叶柄细长。其叶正面深绿，上面布有纵横交错的纹路，摸上去手感粗糙，凹凸不平。而叶的背面却密布雪白绒毛，触之十分柔和。在晴好的南风天里，苎麻地无数的阔叶摇曳翻转，一会儿碧绿，一会儿雪白，沙沙作响，气势磅礴，煞是好看！

砍苎麻定然是在晴好的上午。生产队的男女老幼，手持镰刀而来，这是苎麻地一年中最热闹的日子。众人先是拿长竹子或小树枝条，逐一打落梢头的苎麻叶，这样能减轻砍割时因触碰苎麻叶上的绒毛而导致的全身瘙痒，而掉落一地的苎麻叶，待以后腐烂了，是苎麻地的天然肥料。苎麻秆齐蔸砍割，一堆堆横放在地，绑扎成长捆子，挑回生产队队部过秤后，分给各家。

砍下的苎麻需及时扒皮。这一天的村庄，家家户户门口的石板巷子或大厅屋里，到处是扒苎麻皮的人，尤以村妇居多。在她们的身边，堆着苎麻秆，一只大脚盆装了大半盆冷水，扒下来的墨绿色苎麻皮，整齐浸泡在水里。扒过皮的苎麻秆白晃晃的，各家的男主人将它们收拾捆绑起来，提到村前的某处稻田解散开，一扎一扎埋进禾苗间的泥底下。十天半月后，这些泥水浸泡过的苎麻秆会被重新翻出来，在江坝或水圳边洗干净后，竖着在地上顿一顿，秆子里沤烂的白芯便长蛇一般滑落出来。空空的苎麻秆晒干了，日后各家多用于夜行照明，上茅厕、喂夜猪、走夜路、看露天电影……一支支小小的火光，游移在乡村的黑夜。

而扒下的苎麻皮，得赶紧刮皮，取得的苎麻纤维，我们叫苎麻丝。在我的童年里，家中做这件事的必然是母亲。母亲刮苎麻皮，有一把专门的苎麻刀，“乙”字形，上面是一个小木柄，下面是半圆管状的乌黑刀具，长如手指。母亲刮苎麻皮动作灵巧，她坐在矮凳上，左手从木盆里拿一根苎麻皮，按在右手握着的苎麻刀上，伸手一拉，一头的苎麻表皮就刮落地上了，再调转来又一拉，另一头的苎麻表皮也没了，手上只剩一根浅绿如丝绦的苎麻纤维。这时，我们能帮母亲做的事情，就是将刮好的长苎麻丝及时摊在太阳底下的长竹篙上晾晒。苎麻丝薄而柔软，很容易晒干。晒干的苎麻丝泛白，母亲一扎扎绑好，存储起来。

在之后农忙之余的闲暇时刻，搓苎麻线成了村中妇女的一项长期

砍苎麻

手工活。搓线需用到一块特制的小青瓦，叫搓线瓦。我们家的那块搓线瓦是舅舅给母亲烧制的，凸面四角刻有“劳动幸福”，中间是枝叶线纹，凹面刻有母亲的名字“运莲”。母亲坐在凳子上搓苎麻线时，将左腿的裤脚卷至大腿，把搓线瓦盖在光裸的膝盖处。她低着头，左手捏着苎麻丝放在搓线瓦上，右手掌不停地搓着，细细的苎麻线越搓越长，垂下来，落进地上的团箕，一圈圈盘曲着。间或，她停下来，拿了苎麻丝续接上，又继续不停地搓着，搓得上半身晃动不止，团箕里的线也越积越厚。

搓好的苎麻线叫生线，需挽成圈，露出线头、线尾，一扎扎绑好，免得凌乱了。生线色泽偏暗，村中妇女多用土法漂白。选晴好之日，从杂屋或猪栏的楼上，取来干净稻草适量，烧成乌黑的稻草灰，将浸泡透的生线团搓上草灰，入锅煮几个小时后捞出，提到水圳或江坝上，用洗衣杵反复击打漂洗，圈在竹篙上晒干，就成了白亮的熟线。我们家卧房的柜子里，总是存放着一圈圈的苎麻线和一扎扎的苎麻丝，甚至要多过我们的衣物。

苎麻线韧性好，即便猛力拉扯，也很难扯断，曾是农家之宝。这些苎麻线又有粗细之别，用途各异。细小之线，通常用来缝补衣服被褥。那个时代，乡人所穿多是蓝布补丁衣服，破了缝，缝了破，补丁叠补丁，十分寻常。许多日子里，在雨天，在雪天，在农事之余，在夜晚的煤油灯下，母亲从身边的旧花篮里，拿出破布针线，戴上顶针，穿针引线，缝补着我们一家人的衣物，缝补着简朴岁月的漏洞与缝隙。

扯花生

若论园土里的作物，最能卖钱的，自然非花生莫属。

旧时的故乡，花生主要有两个大的品种。一种是两粒花生仁的普通花生，最常见，种植面积要占九成以上，这种花生又依据不同的大小，细分成三个小品种：大子花生、中子花生和小子花生。另一个大品种俗称麻子花生，花生仁多于两粒，有手指那么长，歪歪扭扭的，壳子表面密布坑坑洼洼的麻点，剥起来比较费力，因其匍匐生长，花生随藤蔓的枝节分散结于地下，生长期又比普通花生长两个月，且需种于水分条件较好的旱田，而采收还得费力挖掘，产量也不是很高，分田到户后，渐为乡人所淘汰。

盛夏六月，天气炎热，村前江流两岸的稻田，早稻逐渐黄熟，临近收割。这个时候，园土里的花生已然长老，得赶紧扯收了。当此之时，往往天公也作美，突然降下一阵大雨，将干旱的园土浇湿。夏天的雨来得急，去得也快，如火的太阳重新统治天空，碧空无云，闷热难当。被浇湿了的泥土里的花生，更得赶忙扯出来，否则隔上一两日，那些老熟的花生就要像春笋一样，从地里争先恐后冒出嫩芽。

花生园土土质疏松，又加之在雨后，徒手握着一株花生苗的根部用力一拔，就能把一丛白亮亮的花生扯出来。儿时在生产队，跟着父母到园土里扯花生，我最开心的莫过于可以开怀猛吃。那时候，大集体劳动，大人们做事，我们这些跟屁虫就又玩又吃，偶尔也帮着扯花生、摘花生，但更多的是吃，像一只只老鼠，双手不停地剥着花生壳，嚯嚯地嚼着粒粒粉红饱满的花生仁，剥不开就用牙齿咬，吃得嘴角冒白浆，两手泥污。这样的时刻，我们也通常会被大人们警告，别喝生水，别吃得太多，小心拉肚子。那时故乡的大地上多涌泉，山岭间，园土边，多有泉眼和因泉而成的小溪，遇着口渴，我们常跑去牛饮一番。亦因此，在扯花生的日子，村中小孩拉肚子的事就多了起来。

在生产队时期，社员们扯下的花生，都是在园土里摘。为避日晒，有的人戴着草帽，也有的人不合时宜地戴着沉重的斗笠。扯下的花生苗，这里一堆，那里一堆，像一面面高而厚的绿墙，墙上挂满了密实的花生，看着令人欣喜。人们三三两两坐于苗堆前，垫屁股的或是矮凳，或是摘完花生的苗子，他们双手不停地拿着一株苗子摘花生，品相好的老花生扔于一筐，残次和嫩的花生扔进另一筐。摘干净后的苗子，反手扔到身后，成了散乱的一片，日后晒干了，收回村庄，是稻田的好肥料。坐在园土里摘花生，久了，脸上汗流如洗，背部被阳光灼得发烫，有的人受不了，就干脆将花生苗抱到园土旁的山边大油茶树下来摘，浓荫如盖，凉爽多了。

分田到户之后，随着杂交水稻的普遍推广，稻田增产，小麦、花麦、穇子、黍渐渐无人种植，高粱的种植规模也少了。如此情形之下，花生的种植面积一度得到扩张。曾有许多年，我家的花生每年要收三四担谷箩。人口多的家庭，所获就更多。每到扯花生的时节，乡人不再像从前那样在园土里摘花生，而是一担担将扯下的苗子全部挑回家里来摘。那几天，家家户户的厅屋里都靠墙堆满了花生苗，一家人坐在厅屋里或瓦檐下摘花生，村里的每条巷子，每一块空坪，都丢满了摘过的花生苗，任其晾晒。

摘下的花生，除了用来留种的不需清洗，其余的，无论老花生还是嫩花生，都得赶紧水洗干净。水圳边、池塘边、江坝上、水井旁，一时都是用箩筐搓洗花生的乡人。漂洗后的花生白白亮亮，铺晒在村旁的禾场上，一块一块，方方正正，大小不一，远观如无数床棉被。扯花生的这几天，各家都会煮一些残次的嫩花生吃。这些残次品，少有花生仁饱满的，有的花生仁小得让人误以为是空壳子，有的甚至还没有结出花生仁，壳子尖嫩如玉，能直接嚼着吃，味道甘甜。天气炎热，水煮花生最好当天吃了，否则隔夜就坏，黏黏滑滑的，有一股馊味。

扯过花生之后的园土，村中的老人和孩子，会有一段时日，日复一日，扛了板锄，提着竹篮，一遍一遍翻掏花生土，捡拾遗落在土里的花生。尤其是最初的几天，多有所获。那些掏来的花生芽，可爱得如同婴儿手指，白白嫩嫩，是夏日乡村灶屋里清炒的一碗好时蔬。

之后的日子里，无论是“双抢”农忙，还是霜降时节上山摘油茶，或者平日里来了客人，村里人家常炒了花生来佐茶。不过在我少年时代的记忆里，母亲用沙子炒的花生，基本都是空瘪的残次品。那些晒干后挑选出的好花生，个个饱满结实，除非过年，她是舍不得炒来吃的。母亲经常在赶圩的日子，用竹篮子提着或者挑着白亮亮的好花生，走十里山路，到圩场去卖了，以此换回包括我的学费在内的家庭开支。有的时候，母亲觉得别人给的价格过低，太亏了，又不辞辛苦重新从圩场挑回家，日后再赶圩去卖。

而我对花生的味觉，即便三十多年之后，依然保持着那个时代遗留下来的一种刻板偏好，总觉得新炒的残次品花生实在远比饱满的好花生更香！

挖红薯

旧时故乡的四季要比现在分明许多，尤其是秋季和冬季。节气进入霜降，白茫茫的大霜冻就会在某一个寒冷之夜如期而至。待清早走出家门，放眼所见，屋顶、田野、草坪，全是银色世界，仿佛下了一场轻雪，池塘的水面则结了厚冰盖，在朝阳的照耀下十分晃眼，老柏树下的井泉，这时能看到冒着浓浓的白雾。霜风凌厉，耳朵冻得如刀割，手指、脚趾感到僵痛，天气的寒冷又实实在在地加上了一层。

在这样的日子里，村旁菜园里的辣椒树，还有那一块块来不及割去红薯藤的园土，则是另一番景象。前一天还绿油油的辣椒树，这会儿叶片全被大霜打死了，蔫蔫的，黑黑的，水煮过一般，垂挂在枯枝间。红薯地也是如此，满园的藤叶全是一片死黑，令人惊骇于严霜的威力。对于乡人来说，拔辣椒树，摘下细小的秋辣椒，是各家的菜碗与新鲜辣椒的告别，而割红薯藤，挖红薯，则是近段时间需要抓紧的事务。

无论在生产队时期，还是分田到户之后的多年，在湘南山区诸如我故乡的许多乡村，霜降前后的这段日子，是一年中继盛夏“双抢”之后的又一个农忙期，割晚稻、摘油茶、挖红薯，都是一茬紧接一茬的重体力活。

故乡人的习俗，过了立冬节，就开始大规模挖红薯。挖红薯，先要割去红薯藤，因此在霜降与立冬之间的这段日子里，村人常在红薯土里忙于割碧绿如长丝绦般的红薯藤，赶在下大霜之前收割掉。那时候，村里养着牛，各家各户都养猪，割下的红薯藤挑回家后，用来喂猪和喂牛。当然，新割的红薯藤，猪和牛一时是吃不完的，更多的是一扎扎密密悬挂在各家瓦檐下或厅屋里的竹篙上，晾成干红薯藤。在即将到来的整个长冬，遇着天寒地冻雨水绵绵扯不来猪草的日子，煮干红薯藤喂猪就成了乡人的日常。割去红薯藤的园土，地面上只露出一蔸蔸手指粗细的短短藤柄，排列成行，有的大红薯甚至撑破了土壤，露出圆润的一截，上面连着一支老蒂。干枯零落的红薯叶，散乱得满园都是。

挖红薯自然多在晴天，用到的农具主要是搭锄。搭锄是故乡三齿锄里最沉重的一种，锄齿大过拇指，长约尺许，齿尖锐利白亮，结实的硬木长柄。这件农具多为成年男子所使用，专门用来挖土，需要大的力气。昔日在生产队，挖红薯的往往是青壮年男子，挥臂抡起搭锄对着一蔸红薯挖下，一撬一拉，一大块泥土连同一丛红薯就翻转了过来，提起来，磕磕土，侧身扔到后面，由妇女们收拢成堆，坐在矮凳上摘下红薯，按大小好坏分拣进不同的箩筐。大人们挖红薯的时候，村中的孩子和年迈老人，也多提了竹篮子，拿着小板锄，在挖过的园土里掏红薯。我那时也是其中一员，乐此不疲，掏到的红薯有大个的，有小个的，有挖破了的，有生了虫的，甚至是一段红薯根，都一一收入篮子。最有红薯掏的地方，是妇女们刚刚摘过后的堆子，有的整蔸红薯都被遗漏，拾起来真是开心！分田到户之后，各家挖红薯、摘红薯都仔细多了，从地里掏出的红薯和惊喜也远比先前要少。

故乡的红薯主要有两个品种，一是白皮白心，一是红皮黄心，前者居多。白皮红薯个大而长，质地松脆，多汁甘甜，能生吃。黄心红薯呈圆球状，质地坚硬。在故乡，红薯作为仅次于稻谷的重要粮食作物，曾有“红薯能顶半年粮”的俗语。记得分田到户后的一些年成，我家的红薯能挖一二十担。而为了更好地储存，父亲刚挖下的红薯，经过一番挑选后，将个头适中品相完好的窖藏起来。我们家的红薯窖状如小窑洞，在村后山边的黄土陡坡上，抬头就可看到几棵高大的古樟树。从冬到春，落雪，落雨，往后几个月的时间里，每隔些日子，父亲就会打开窖门，提了箩筐，捡上小半担红薯出来，以供全家人几天的食用。

红薯的用途堪称广泛。除了蒸熟后可作为故乡人家一日三餐的主食，还可切片烘晒成红薯干，能经久储存不坏。此外，酿红薯烧酒，做红薯粉条，过年时油炸红薯丝子和红薯丁，样样都离不开它。

数十年变迁，如今的故乡，红薯是少数几种仍有人种植的粮食作物。不同的是，它的用途已经变得单一，仅仅是为了酿酒。村庄已然没有了牛，也没有人家养猪，在挖红薯的日子，地里遗落大堆大堆碧绿的红薯藤，任由它们在不再严寒、稀有霜雪的暖冬里干枯腐烂，或者一把火烧掉，看着着实可惜。

莳冬菜

时令过了中秋，天气趋寒。此时的菜园，那些在清明节前后栽种的豆角、辣椒、茄子、丝瓜、苦瓜、南瓜、冬瓜等诸般菜蔬，经过一夏半秋的生长和采摘，或藤枯叶黄，或半死不活，或果实稀小，颓态尽现，先后到了生命周期的尽头。倘若一场早霜突来，此时即便最显生机的辣椒树，一夜之间，也悉数死去，枝叶乌黑。不久之后，地里的红薯也陆续挖完了，又到了重新翻土、烧火淤、莳冬菜的时节。

旧时的故乡，在园土里莳冬菜，需要考虑人吃和喂猪两方面。萝卜、大白菜、莙荙菜、风菜、肥菜，是这个时节栽种的主要品种。其中，肥菜专门用来喂猪。此外，菠菜、茼蒿、芹菜、葱、蒜等也多有种植，但数量则少多了。

萝卜又有好几种，白萝卜、红萝卜、盘子萝卜，它们形态各异，如球、如棒、如盘，大小也各有不同，点种得最多的自然是白萝卜。白萝卜尤爱湿润的土壤，记得儿时在生产队，每年晚稻收割之后，就会在村前一些半干半湿的稻田里连片点种。分田到户后，各家点种的土地多分散，也有种在稻田的，不过还是以种在园土居多。有句乡谚：“一月萝卜一月菜。”意思是萝卜撒籽点种之后，头一个月是长菜叶子，到了第二个月开始长萝卜。因撒籽不匀，萝卜发芽之后，有的地方过于密集，这样，当萝卜叶长至四五寸高，主妇们就常梳理出一些，连根拔了，洗净后清炒做菜。这差不多也是各家吃到的最早冬菜。以后，随着萝卜长成大个头，煮萝卜做菜就十分寻常了，萝卜缨子则多是剁碎煮潲。一时吃不了的萝卜，乡人常剖边切条，烘制干萝卜皮腌成咸菜，或整个儿腌制酸萝卜，或用盾刀剁碎了腌水萝卜。在我少年时代，每年冬天母亲都要腌上几坛子，我上学时住校，每周末都要回家带上两瓶子这样的腌菜。

与萝卜撒籽点种不同，大白菜、莙荙菜、风菜、肥菜，都是莳秧子。在生长过程中的大白菜，我们并不常吃，只在初期偶尔摘一些最下层的脚叶（方言）做菜。等到浅浅的土坑被宽阔的白菜叶掩盖，乡人就会拿了稻草来，搓出一根根细长的草绳，将每棵白菜散开的菜帮子收拢竖立，捆绑一圈，状如绿柱，在叶顶再压上一块巴掌大的干泥块，以让其心包得更为致密。记忆中，那时家里的大白菜，通常要临近过年才砍，大的一棵就有十斤许，一只大菜篮，两棵就能装满。春节里，村前的水井边，洗大白菜的妇女不少，剥去外面的老青叶，洁白黄嫩的大白菜看着就令人喜爱。大白菜切丝，与粉丝、豆芽、油豆腐丝同炒，是故乡人家春节待客的必备烩菜。

一冬一春，莙荙菜和风菜是常吃的。莙荙菜的帮子白而长，也厚实，叶片光滑如绿色的油纸。这种菜长得宽阔茂盛，能不断地摘其外围的菜帮子。莙荙菜有一股涩味，做菜时，通常先将菜帮子放锅中热水里焯一下，捞出后再切丝油炒。很多时候，乡人常摘了当猪草。风菜的帮子比莙荙菜更宽、更长、更厚实，通体碧绿。村中有两种风菜，一为蒲扇风菜，叶大如扇；另一种俗称烂布风菜，叶边多锯齿状缺裂，如烂布。相比而言，烂布风菜切丝炒菜更好吃。在冬天，母亲也常将风菜帮子切成段，巴掌大小，烘蔫了，用盐腌上。做菜的时候，用新茶油煎炒，撒上红红的辣椒粉，或者红红的腌剁辣椒，香喷喷的。

比起人来，猪的胃口自然大多了。在天寒地冻的冬天，时常下雨雪，猪草难扯，无论干红薯藤，还是萝卜缨子、莙荙菜、风菜，都要用来煮潲喂猪。这些往往还不够，尤其是家中养了两三头猪的。亦因此，各家总是未雨绸缪，在莳冬菜之初，就会专门拿一两块挖过红薯的园土，用来莳肥菜。肥菜叶皱皱巴巴，宽大如掌，旧叶摘去，新叶又长，十分迅速，而且越摘它的秆茎长得越高，形同莴笋。一冬一春，我的母亲差不多每天都要去园土摘一两篮肥菜回来，而后剁成猪草。

来年暮春，园土里的菜蔬都长蕻开花，又到了生命轮替的时候。每个品种，各家总会特地留下一两棵最为健壮的，待其结子长老，方才连根拔了，悬挂在厅屋的墙壁高处，任其自然风干。日后再取下来，揉搓籽粒，各自装入瓶子，妥善保存，以待下一场生命的繁衍。

莳冬菜

第 三 辑

育山

垦山

田、土、山，对于湘南山区的故乡来说，一直是乡人赖以生存的根本。相比而言，山岭要远多于田土。

在我的童年和少年时代，故乡的山岭无疑是茂盛的。村庄坐西朝东，村后紧贴着一座枞山，山上以高大的枞树居多，杂以各种常绿乔木，诸如香樟、荷树、枫树、槠树……郁郁苍苍，是关乎一村风水的禁山，严禁砍伐。这也差不多是湘南大地上，每一个大小村庄背后所能见到的寻常景象。枞山的南北两翼，即为油茶树与杉树混交林，间杂着油桐树、柏树、梓树等。村庄东面，隔了田土与江流，也是一列起伏的山峦，两座最高大的，一名对门岭，一名东茅岭，同样长满油茶树和杉树，有好几处地方，还生长着成片的山苍子林。两岭对峙，夹着一条羊肠小道，通往十里外的永红圩。

故乡为重重山峦所包围，接壤相邻的大小村庄有西冲、莲塘、羊乌、油市塘、朽木溪、长洲头，推而远之，是花坪丘、山头冲、斜岭、大塘下、侯家冲、黄家寨，那些地方也有着诸多为我们村庄所有的油茶山。小时候在生产队，我就曾跟随父母去一些远山摘过油茶。

多年来，油茶是故乡最为重要的经济林，故乡也以盛产茶油而闻名远近。故乡的油茶山，多红壤，夹杂沙砾，野生植物繁多：小竹子、檵木、乌饭子、野石榴、金樱子、金刚藤、土茯苓、栀子树、秤杆子树、芒萁、冬茅草、丝毛草、虾公须……难以尽列。这些野生植被生命力强大，生长迅速，既影响油茶树的成长和结果，又给采摘油茶带来不便，垦山也就成了培育油茶林的要务。

乡人垦山，大致在两个时段。一是在霜降摘过油茶之后，这时秋收已毕，田野农事已少，进入冬闲。昔日在生产队，每年这段日子，天若不下雨，各队就常会组织劳动力，到或远或近的油茶岭垦山，翻挖泥土，清除野树杂草。二是在农历盛夏，此时烈日炎炎，挖垦后的野生草木容易被晒死。对于童年和少年时代的我来说，挖垦后的油茶山，也是捡柴火的好地方，那些躺在松散黄土上的竹根、金刚蔸及各种干枯的灌木枝条，捡拾起来带回家，煮饭炒菜，烧火煮潲，都好得很。

垦山使用的农具俗称镰刮，是一种特制板锄，都是由乡村铁匠打造的，厚实而沉重，刃口夹了钢，坚硬又锋利，长柄也是硬质杂木的。与其配套的农具，通常还有镰刀和竹箢。镰刀用来砍高大的野树和荆棘，也常用来修去油茶树和杉树下部的一些枝条，俗称修脚枝。脚枝晒干后挑回家，是上好的柴火。垦山时，偶尔碰到大的油茶树整棵死了，挖出树蔸，自然也是用竹箢挑回来。

挥动镰刮垦山，是一件重体力活，泥土坚硬，加上要斩草除根，十分费力，进展缓慢。垦山需从山脚开始，一锄一锄挖，一寸一尺进展，渐渐往山上延伸，身后挖翻的泥土，犹如密集又规则的巨大鳞片。要垦好一片油茶山，是一件要经年累月坚持的事情，需有耐烦沉着之心。正因此，干这件农活的，以中老年男子居多。在我的记忆里，盛夏的日子，常见赤膊的老农，腰扎一块白长帕，扛一把镰刮，提一竹筒凉茶，去垦山岭。从早到晚，日复一日，他们各自在绿油油的茶树林间心无旁骛地默默干着。

分山到户的最初几年，油茶林的繁茂堪称故乡最鼎盛的时期。那时候，各家垦山育林的积极性都很高。我家分到两块油茶山，一块大的在村前的对门岭，另一块小的在远地的斜岭。我的父亲常年都围绕着这两处油茶山转，一有空闲就去垦山。尤其是对门岭的这片大茶山，离家近，站在我们家新瓦房的门口，就能将整片山林一览无余。从山脚到山尖，父亲每年都要挖垦一遍。他甚至还在山脚靠公路边一处油茶树稀少的地方，垦出了几块旱土，专门用来种植辣椒、红薯、黄花菜等园土作物。后来，他又将这山间的山苍子树、油桐树乃至杉树全砍了，悉心培植油茶林。

那些年，家里的油茶山，被父亲垦得松散而干净，油茶树长得郁郁葱葱，愈发高大而茂密，开花之时，繁花似雪，结果之后，果实累累。丰收的年成，我家摘过六十多担油茶果，能榨三百多斤茶油。

进入二十世纪九十年代，随着村里外出务工人员的日趋增多，故乡的田土多有荒芜废弃者，油茶山的管理自然就疏忽了，更遑论垦山。没有挖垦的油茶山，会越来越荒芜，杂草灌木及荆棘藤蔓丛生，进入深秋，茅草芒萁干枯，极易引发火灾。有时一场突发山火，山山岭岭，一村连着一村烧去，令人无奈，徒有叹息。来年清明，扫墓焚纸，又是山火多发时节。

山火一年年地烧，烧去了故乡曾经茂盛的油茶林，烧去了“油茶之乡”的美誉，烧得只剩一座座光秃秃的山岭。多年之后，村中成片的好油茶山所剩无几。我家那片大茶山，仗着父亲常年精心看管和挖垦，曾被誉为村中最后一块好茶山。

父亲八十多岁的时候，还经常在油茶林里垦山看护。后来实在垦不动了，手脚软弱无力，也就只得任由这片山岭长满了荆棘茅草。父亲去世的那年清明节，一个本村人祭祀时引发的山火，将我们家的这片油茶林烧得干干净净。隔两月，农历五月十五，父亲突然去世。按他生前的嘱托，我将他安葬在这山岭的坡上，与母亲的坟墓永相偎依。

只是此时，这片为他们毕生所热爱的油茶山，一片焦土，全然没有了往昔郁郁葱葱的繁茂景象。

许多年过去，我家的这片大油茶山又长满了荒草杂树，也有一些新的油茶树从泥土里长了出来，稀稀拉拉。这些年，茶油成了珍稀品，价格一路飙涨。我的二堂兄经过我的许可，经常在这片山岭上挖山垦荒，着意培植那些劫后重生的油茶树，有时还买来一些油茶树苗栽上。如今这片山岭，二堂兄每年能摘几担油茶，打几十斤新茶油，尽管还远不及旧日的繁盛，但我相信，只要用心经营，未来依然可期！

垦山

摘油茶

分山到户之后，每年临近摘油茶的时节，村庄就变得焦躁起来。期待与不安的情绪在暗暗地发酵。

在湘南大地，油茶的传统开摘日子有两个：寒露与霜降。前者采摘的油茶，俗称寒露子，后者则称为霜降子，并以此作为油茶品种的两大分类，二者的成熟期恰好相隔一个节气。这两种油茶，只有在最佳的采摘日子，油茶胚才会完全成熟，里面的籽粒饱满黑亮，油光可鉴，此时油分最足。在我的故乡，油茶多为霜降子，只有少数山岭的品种是寒露子。

摘油茶是继盛夏“双抢”之后，又一件特别忙碌而繁重的农事，每个村庄，每户人家，都尤为重视。围绕摘油茶的各项准备工作，也在采摘前的十天半月就陆续展开：赶圩买箩筐、油茶篓子、篾签、箩绳、扁担；修晒坪；干塘捉鱼，烘制干鱼块；炒花生……

各种小道消息开始在村庄里流传：有的说，邻村某某地方有人挑箩筐上山了；有的说，远地的油茶山已经有外村人偷摘了；有的说，白天看到某人上了山，躲在山上摘油茶，摘好的油茶被藏在隐蔽处，待日后再挑下来……虽是捕风捉影，却全都说得有鼻子有眼。村庄愈发躁动起来了。

昔日在生产队时期，摘油茶是集体行为，附近各大队各生产队通常会统一协调，在传统的采摘日子，才上山开摘。分山到户后，每家都有几处油茶山，大小不等，远近不同，家家户户各自为政，生怕自家动作迟了会吃亏。因此，越是临近开摘的日子，乡人越加紧张，风声鹤唳。有的年成，距离传统开摘日还有几天，村里原本风平浪静的，上午或午后突然来一阵谣言，俗称喊风，各家顿时闻风而动，匆匆挑了箩筐，急急忙忙就直往山岭赶去，陡然间就拉开了摘油茶的序幕。

那时，我家的两处油茶山，大的一处在村前的对门岭，另一处小的，离家有五六里山路，中途要经过两个小村和一座水库。早几年，我们家摘油茶，都是先摘远处的那一片小茶山，通常要摘两天。每天清早蒙蒙亮，我们就吃了饭，从家里出发，箩筐里挑了鼎罐、茶壶、碗筷、米、腌辣椒炒干鱼块、炒花生、焖红薯。要是不下雨，午饭自然是在山上吃，挖了简易土坑，架上鼎罐，就能烧火煮饭，山间有的是干柴与流泉。摘下的油茶，我们要及时挑回村，倒在自家晒坪，来回一趟就是十几里山路。我那时年纪尚小，但也得挑一小担油茶，跟着姐姐，走走歇歇，磕磕绊绊，肩膀被压得无比疼痛。一天下来，全家人都疲惫不堪，天很晚了，才摸黑进屋。

摘油茶是重体力活，我们家劳动力弱，往往是这片小茶山还没摘完，村前那片大茶山的周边，已经有人采摘，并浑水摸鱼，到我们家山岭上偷摘油茶。父母总是为此焦急发愁。后来二姐出了嫁，家中劳力更少了。为了保全那片大的油茶林，父母索性放弃了那处远地的油茶林，任其荒芜，任由他人明摘暗偷。

二姐出嫁时，我正上高中。之后数年，我读中专，参加工作，三姐也出嫁外乡。父亲虽已年迈，但依然执着于村前这片大茶山的管理，每年要将茶山挖垦一遍，不计时日，不辞辛劳。这片油茶林没有辜负父亲的汗水，长得郁郁葱葱。只是每年霜降时节，望着丰收的这片林子，父母又是喜，又是愁。

曾有多年，每当村里摘油茶时，父亲就会花一块钱到别人家打电话告诉我。他语气焦急而简短："赶快来！摘油茶了！"那时我在县城工作并成家，得到了消息，赶紧请假，带着妻儿急切地坐车赶回家。那些年，好在我二姐嫁在本乡，他们家油茶树也不多，她和二姐夫总会及时赶来帮忙。我的舅舅和表弟，我的岳父和妻哥，有时也远道而来援助。即便如此，我家的这片油茶山，通常也需要摘五六天，摘下几十担油茶。

摘油茶最怕遇着下雨，北风呼啸，天气严寒。身上即便披了薄膜，或穿了雨衣，时间一久，浑身内外都要湿透。伸手攀住树枝采摘，雨水裹着茶树灰尘顺着脸面、颈脖、衣袖流到身上，冷彻心骨。对于我这个常年戴眼镜的人来说，更是不便。镜片上沾满雨点水滴，摘下来扯了衣角擦擦，模模糊糊的一片，戴上一阵儿，又落满水珠，烦不胜烦。山陡路滑，有时一不留心，就会摔倒，筐里刚摘下的油茶散落一地，沿着山坡咕噜咕噜直往下翻滚，追也追不到，拦也拦不住，徒唤奈何。这样的天气里，挑油茶下山，更是艰辛异常。油茶和箩筐都是湿的，十分沉重，压在肩上痛得龇牙咧嘴，腰椎欲折。鞋子也是湿的，脚板也是湿的，走在黄泥山路上，鞋底鞋帮很快就被厚厚的烂泥包裹，像穿了两只越来越重的大泥船，行走愈发艰难。要等黏糊糊的烂泥块自行掉了，或者在石块上、杂草上蹭掉了，双脚才一阵儿轻松。但走着走着，新的泥船又越积越大，让人苦恼得没有了脾气。

油茶全部摘下山，堆在晒坪里，成了几个绿色的高大圆锥，是这一年沉甸甸的好收获。我们连日摘油茶的辛劳和疲惫，也总算有了到头之日。父母还得辛苦一两个月，晒茶胚，剥茶壳，选茶籽。

到了年底，村边的榨油坊开榨了，在排定的日期，我再次回到家乡，同父母亲一道，挑了一担担干净黑亮的油茶籽和一捆捆干柴火，去榨油坊榨茶油。油茶籽要经过烘烤、碾粉、甑蒸、踩茶枯饼、上榨、打油等一系列工序，才能榨出一桶桶金黄透亮芳香四溢的新茶油。

打桐子

生活中若缺失了审美的眼光，而只是单纯以有用和无用来对待自然万物，那么，看起来再多的生灵，要不了多久，就将毁于无形，再无一丝踪影，正如故乡的油桐树。

当煤油还未进入偏僻一隅的故乡人家，乡人夜晚点灯，靠的是桐油和茶油，以桐油为主。那时，每户人家一盏简易的桐油灯是必备的。贫寒人家的桐油灯，下面是一节小竹筒，用来盛油，上面放置一个铁质灯盘，恰如微小的乌黑锅底，盘盏里的桐油浸泡着一截白色的灯草，灯草的一头略略伸出盏沿。在夜里，这样一盏光线昏黄，散发出浓浓气味和黑烟的桐油灯，曾在长长的岁月里，照亮着乡人的寻常日子。

村里村外，油桐树十分常见。记忆中最深刻的，当属村北那片阔大的桐树坪，一棵棵高大的油桐树成行成列。油桐树的主干不是太高，树皮灰白，布满麻点，我们能轻易爬上去，骑在上面丛生的大枝丫上。在盛夏，浓密的大叶将这里遮盖得十分阴凉，青青的桐子挂满枝头，地面平整又干净，更是儿时玩耍的乐园。

江岸的油桐树也不少，尤其是珍珠潭一带。那时，江流的两岸，绵延着茂盛的高树：郁郁的柏树，巨冠的香樟，阔叶的梧桐，纷披的垂柳，钻天的白杨……还有这些青果如拳的油桐树。灌木、小竹子、荆棘就更多了，将一江清流映照得翠绿如染。珍珠潭是一眼大涌泉的名称，后来成了油市塘与我们村共用的一口好水井，巨大的流泉合着山溪，汇成江上的一条大支流。支流一岸的稻田边，便生长着一排高大的油桐树。夏秋的日子，油桐树下的深水支流，是往返的牛群钟爱之处，每当从此路过，它们必一窝蜂冲入水中，舒舒服服地躺着，露着头，扇着耳朵，目光清亮，在油桐树的树荫里，很惬意的样子。

油桐树最多的地方，自然是远远近近的油茶山岭上。村前的对门岭就很多，在早春开花的时节，尤为明显。当光裸的油桐树枝上开满了粉白的繁花，碧绿的山岭就像一个大花园。油桐树的花讯，带给乡人的是喜悦，严寒从此过去，温暖的春天真正来了！

如同油茶一样，油桐的成熟也在寒露与霜降之间。昔日在生产队，摘油茶的时候，也顺带会打桐子。此时的油桐树，叶片渐黄，桐子也黄中泛红，圆嘟嘟的，看着令人喜爱。打桐子多用竹竿，绕着高大的油桐树，一个个将桐子敲落，捡入箩筐。也有的桐子弹跳着，滚得远远的，没入了乱草荆棘丛中，只能由了它去。

漂亮的桐子挑回村，倒入石板巷子里阴湿的沟渠中，任其腐烂变黑。日后掏出来，用一种名为“桐子挖”的特制铁质小工具，挖出灰白的桐子仁，颇像放大的蒜瓣。

榨桐油的流程，跟榨茶油几乎一样。只是桐油气味大，又黏稠，通常要待全村都榨完茶油后，才榨桐油。略微不同之处在于，桐子仁在榨油坊烘烤碾成粉末后，需掺入适量的谷壳一同甑蒸，再踩饼上榨，打出桐油。我家在分山到户的第一年，还摘过桐子，榨过桐油。

自从村庄通了电，桐油灯盏和煤油灯盏相继退出乡人的日常生活，桐油在乡村的用途越来越小，除了漆匠偶尔使用桐油漆木器，乡人对它再无别的需求。失去了使用价值的油桐树，它们的命运显而易见，很快遭到屠戮式的砍伐，彻底消灭于故乡的土地。

打桐子

捡柴

以柴火为主要燃料的年代，捡柴可谓乡村的日常事务，男女老幼概莫能外。尤其是对男孩子来说，捡柴更是他在家庭劳动中的主业。

从小我就有一帮好伙伴，冬和、南和、满和、付和、聪德、群德、顺和、华德……我们年纪相仿，又都是近邻，顶多隔着一两条青石板巷子，有的还是住在同一个老厅屋里，上学放学，天天玩在一块儿。村里这样的伙伴群有好些个，都是居家相邻而聚合的。伙伴群之间，打架多于合作。自然，上山捡柴，也都是各自成群结伙。通常情况是，看到他们去了哪一片山岭，我们就会另去一个山头，相互间刻意避开，这样也有利于捡到更多的柴火。

村后的一片大枞山连着村旁的一片小枞山，虽说这是村庄的禁山，曾经多年严禁砍伐，但捡干柴和搂枞毛还是允许的。枞山里以枞树居多，长得郁郁苍苍。高大的枞树主干笔直，树皮开裂而粗糙，树冠巨大而分散，长叶如针，像满头浓密的绿发。枞树冠上，一年四季都有枯萎的针叶掉落，橘红光亮，这就是干枞毛，在风大的日子，纷纷扬扬，飘落在灌木的枝叶和林间隙地上。站在地面上，抬头仰望，一树树的高冠里，常隐藏着许多发黑的干枝条。干枞毛和干枞枝，都是上好的柴火。

搂枞毛需要使用一种特制的竹筢子，形状像指爪张开的长臂。我们有时就挑了箩筐或篮子，上枞山去搂枞毛，双手握着长竹柄，伸出筢子，俯身在灌木丛中搂着，一伸一收，有如弹簧，脚步随之慢慢后退。筢子触碰灌木枝叶，哗哗作响，筢齿抓过地面，也发出均匀而低沉的咕咕声。散落的枞毛在筢子下会聚成堆，散发着独有的芳香气味。枞毛多油脂，极易燃烧，挑回家，多用来煮潲烧火。生灶火时，也常用它来做点火引子。搂枞毛轻快，扳干枞枝则难多了。干枞枝在高处，得肚皮贴着粗糙的树皮，磨蹭着一步步爬上去。站在粗枝上，一手抱着树干防摔，一手用力折断枯枝条。枞枝韧性好，弹性大，又长，要折断很费力。若是干枞枝粗过拇指，就更难了。曾有伙伴，因不小心，从高处摔下，伤得不轻。

我们捡柴去得最多的地方还是油茶岭。村庄周边的油茶岭多，重峦叠嶂，远近都是。我们村前的大山对门岭、东茅岭，邻村朽木溪、长洲头的那一带山岭，都曾无数次留下过我们的足迹。

油茶林密集，茶树柴也多。曾有多年，我们上山捡茶树柴并不带刀，只在树丛里，扳折那些干枯发黑的，或者枯黄了叶子已经死去的枝条。同伴之间，也遵守一个约定成俗的规矩：若是一人发现了一棵死树，得大声呼喊，将隐没在森林各处的人都召唤来。要是有人吃独食，会受到大家责骂的。大家闻声蜂拥而至，手忙脚乱，一阵儿工夫，就能将一棵死油茶树扳折个精光，地面上只剩下一个死树蔸。

我们在山上捡茶树柴，总会在合适的地方，选一块开阔地用来放柴火，各人捡的干柴，各放一堆，相互略微隔开，俗称图堂（方言读音），颇有根据地的意思。大家散开在茶树林里，继续寻找干柴，夹在腋下，等夹不住了，就返回图堂放下。如此三番五次，各人都会捡到一大堆干柴。缚柴的藤条，通常有两种，一种叫黄鳝藤，藤条乌黑，有小指粗，卵形叶片，依附着油茶树而长得高高的；另一种是土茯苓，我们叫糯饭藤，叶片狭长，藤条细小，碧绿光滑，结子成丛，剥开后如白色的糯米，能吃，同样是缠绕树枝而生。这两种藤条的柔韧性都很好，我们缚柴时，就临时扯了来，拔掉节上的触须和枝叶，光溜溜地摆在地上，摆两道，将干柴缚紧，整整齐齐，成一个圆柱状的大捆子。下山时，我们每人腋下抱一捆干柴，枝梢朝后，或者扛在肩膀上，像咬尾的鱼队，穿行在蜿蜒的山间小道上。吆喝声，笑闹声，柴梢刮擦路边树叶的哗啦声，响彻一路。

少年时，在假日里，我们也常结伴去远处的荒山砍荆棘、野树和芒萁，俗称剐柴。不少位于小村周边的山岭，多年不垦山，这些野生植物长得比油茶树还茂盛，人都很难走进去。在晴好的夏日，我们经常天未大亮就相互在巷子里呼朋引伴，一齐带了镰刀、柴枪和绳索出村。太阳高高时，我们一头汗水各挑一担茅柴回家，吃了饭，又顶着烈日上山去剐一担柴。湿漉漉的大茅柴捆子丢在屋旁的空地上，经过几天太阳的暴晒就干了。之后，这些干茅柴会被各家堆于柴房，或者堆于一处能避雨的地方，无论煮饭炒菜，还是烧火煮潲，都能随时取用。

捡柴的日子，我们的心情总是轻松愉快的，尽管手脚上长久布满了柴火荆棘的丝丝划痕。

守山

童年时代，故乡山岭的林木能保持得那样好，与乡人对村规民约的敬畏，以及专职人员的日常守护，有着很大关系。在故乡，守护山岭的人，俗称守山人。他们的职责很明确，就是一年三百六十五天，天天守山。

我们所在的羊乌大队，一共管辖七个自然村，各村的山岭多相互交错，而村庄又大小不一，小的村庄就是一个生产队，大的村庄往往分成几个生产队。羊乌大队共有两个大村，一是上羊乌村，再就是我们八公分村。通常情况，守山人由大村各安排两人，他们分片看管某一带山岭，这些山岭既有守山人所在村庄的，也有邻村的，都是其职责范围。之所以安排大村的人守山，原因不言而喻，村大势强，更能镇得住人。

守山是计工分的，守山人不再参与所在生产队的耕作劳动。他们一年的工分，由大队统筹。那时，各生产队的每户家庭，人均一年要上交大队三百分工，这些工分，最终折算成谷物钱粮，用来支付守山人等管理人员的工资及修水库派工等各项公共性事务所需的开支。

好些年，我们村庄的守山人是瘸腿的周礼老倌和老单身汉希贤，他们劳动力虽弱，但若有人违规被他们“纠缠”上了，就得脱一层皮，大家都有点怕他们。经常是吃夜饭时，周礼老倌或希贤，提一面大铜锣，噔噔噔一顿猛敲，在石板巷子里边走，大嗓门吆喝各项禁令和警告，紧接着又是几声震天的噔噔噔，令人心惊肉跳。

禁令和警告，其实简单又明了。不准偷砍杉树，不准砍油茶树，抓住了，罚谷，罚钱，提鼎罐锅子，甚至抄家。有时偏激，连上山捡干茶树柴也不准。村里人家烧柴，只能搂枞毛，搂枯死的油茶树叶，剐荒岭上的野生灌木、荆棘和芒萁。

不过，对村里的男孩儿来说，风声紧的日子，几天不上山捡柴是能做到的，但想要他们长久不捡柴，那是万万做不到的，毕竟家家户户都要烧火冒烟。因此，我们就常与守山人玩老鼠躲猫的游戏。

从我们村庄到村前的对门岭、东茅岭及更远的山岭去捡柴，必然要经过江上的三座桥：上游的石平桥，中游的木板桥，下游的石拱桥。村里大男孩儿多，上山捡柴各自成群结伙，下山回家时，大家的警惕性都很高，远远地就要侦查一番，看有没有守山人在桥头等着，在哪一座桥等。如果没看到他们，我们就赶紧飞跑过桥，将柴火抱回家藏起来。进了家门的柴火，守山人也管不着。有时，我们看到守山人守在桥头，就赶紧沿着山边或江岸，绕道另一座桥。但守山人也聪明，远远看到我们逃跑，他们也会跟着转移拦截。要是被抓住了，我们的柴火就白捡了，会被他们抱走。有的日子，守山人在后面追，我们在前面四散而逃，他追不上，就会喊着我们的名字，威胁着晚上要到我们家里去罚钱。这样的情景下，我就曾被希贤吓过好多回，到了家也忐忑不安。

妇女上山搂茶树叶，自然也要受到守山人的检查。油茶树叶稠密，老叶枯死后，在树下掉落一地，黑乎乎的，厚厚一层，是烧火煮潲的好燃料。茶树叶干爽松散，搂叶人装满箩筐后，还会折了湿漉漉的野树枝条沿着筐边密集插一圈，像筒状容器，里面再压实填满干树叶，末了，将插边的枝梢朝中央收拢，扎好箩绳。这样一大担干茶树叶，足足有齐胸高。有的人，也会顺带捡了茶树柴，藏在干树叶里。这样体型庞大的目标，是很难瞒得过守山人的。遇着了，守山人自然要查看插筐边是否用了鲜活的茶树枝，刁钻时，他还要扒开茶树叶检查一番才放行。

此外，剐檵木、乌饭子树等野生灌木作柴的，剐金樱子、野蔷薇、

守山

覆盆子等荆棘的，剐芒萁的，剐茅草的，都难逃守山人猎隼般的眼睛，碰着了，定然要检查是否砍了活茶树条代替缚柴的绳索。

最怕守山人的，自然是偷树贼。守山人白日里到处转悠，在山岭间神出鬼没，让人防不胜防。因此，偷树贼通常在黑夜里行动。不过对于偷砍杉树甚至胆大包天偷砍杉树做的电杆的盗贼，要是被抓住，可就惨了。儿时发生的那一件事情，我记忆犹新。那天早上，从羊乌村突然来了几十上百人，冲进我们村庄，将三户人家围着抄家。原来是村里的三个青年，夜里偷砍杉树电杆，返回时，被羊乌村的守山人看到了。三个青年早已逃之夭夭，可他们家的门窗被打坏，家具、粮食乃至鸡、鸭、猪，全被抄得一空，无人敢阻挡。其中一个青年是单身，抄家人甚至将他家的楼板都掀了，木梁也锯掉，全部扛走变卖。

随着生产队解体，田土山分到户，职业守山人不复存在。乡人对山林的敬畏之心慢慢丧失，贪婪之心沉渣泛起，乱砍滥伐，毁坏山林的事情时有发生。昔日漫山遍野好端端的山林，渐渐毁于刀斧，毁于一场场山火。

扯笋

“二月祈，笋子来看戏。二月社，笋子让我扯。”

这是流传在故乡一带的乡谚，点明了山野间竹笋生长的时令。长期以来，故乡曾有过二月祈节的传统。农历二月初一，家家户户蒸碱水饺粑，切成小坨，状如霉豆腐，用小竹枝或小树枝扦起来，插在空阔的田野和园土，请鸟儿来享用，以祈求丰年。小时候，我跟随母亲去插枝时，也会学母亲念上几句：“鸟公，鸟婆，不要吃我的菜，不要吃我的禾，来吃饺粑坨。”春社，则是一个祭祀的日子，在立春后的第五个戊日，故乡人家若是有未满三年的亡亲，这天要上坟扫墓，清明节再祭扫一次。在多雨的二月，草木葱茏的故乡，小竹笋悄然间就长遍了山林原野。

故乡的土地上多生长野竹子，屋旁塘岸，江溪之畔，无处不有，山山岭岭，成丛连片。旧时乡人垦油茶山，一个重要的工作便是挖野竹子。野竹子生命力强大，根系尤为发达，挖垦过后的山岭，来年春天经了几番风雨，笋子又齐刷刷长得到处都是，继而长成亭亭的笋蒿，长成绿油油的竹子。而在那些荒山野岭，野竹子就愈发高大而茂盛。

一丛丛野生的竹子，尖叶细长，绿意盈盈，很难一下子辨认出它们是什么类别。可一旦长出笋子，则能轻易分出来。故乡的野笋，通常有这样几种：早笋、尖尾巴笋、红花笋、阿呆秧（方言读音）笋、蚂蜗笋。这些野笋子，生长的时间、地域、形貌、大小，都有不同，我们一眼就认得。尤其是阿呆秧笋和蚂蜗笋，特征更为明显：阿呆秧壳叶偏红，叶尖上有一块类似豆瓣的小片儿，向上横斜着；蚂蜗笋粗大，黄绿色的笋壳上布满黑点，像蚂蜗皮，多生长于江边，味苦，一般不会扯来做菜吃。真正好吃的，还是早笋、尖尾巴笋和红花笋。

当山岭上到处长满野笋子时，天天都有好多人扯笋，大人、孩子，男男女女。天晴时，村里的妇女，常提着大竹篮，从远近的山上，扛着或挑着满篮子的竹笋回来。那些日子，家家户户，差不多每天都会炒笋子做菜。村头巷尾，随处可见剥下的笋壳叶。我那时剥笋，有时用拇指甲从上划到下，再两手一同剥壳；或者先从顶端剥开，用食指绕着壳叶，往下转动。这样的剥笋方法，比一片一片从下往上剥笋壳叶，要快得多。

这时节，园土里的风菜已长蔸，砍风菜，制作酸菜和腊菜正当其时。大风菜叶略微晒蔫，放入沸水锅里一焯，连水倒入木桶，捂盖起来，就渐渐变成了黄色的腊菜。腊菜有着天然的清香，能存放多日不坏，切成丝，与切段的野笋子同炒，是乡人的时鲜家常菜。至于笋子炒蛋、炒鱼虾、炒泥鳅黄鳝、炒猪肉，更是美味了。

差不多家家都会晒干笋子。每天一篮篮的笋扯来，一时是吃不了的。而带壳的鲜笋子又经不得收藏，隔两三天，就发黄变质了。因此，就要及时剥了，焯水后，晒干或烘干。干笋子白亮亮的，一小扎一小扎绑好，可长年收藏。夏天干笋炒青辣椒，冬天干笋炒五花肉，味道都不错。

油茶山上长笋的时候，茶树菇也顺势而生。这种野生蘑菇高挑，伞柄粗，伞盖大而肥厚，盖面赭黄，伞皱雪白，是山野间最早生长的野生食用菇。垦过山的油茶岭空隙地，是最常见到茶树菇的地方。我小时候上山扯笋，多次采到茶树菇，有时一处地方，就长了好几个，大的赛过菜碗口，真是令人开心。在故乡，茶树菇多是切了煮汤，汤黏菇滑，十分香甜。

在山野间扯笋，对儿时的我们来说，更多的是乐趣。溪涧里流泉叮咚，溪涧边竹高笋大，扯起笋来，令人流连忘返；那些黄色的、紫色的、红色的杜鹃花，我们叫豺狗花，一树树，一丛丛，一片片，像在枝头燃烧，我们扯笋时也常摘了红色的豺狗花瓣，塞进嘴里，大吃大嚼；还有那油茶树嫩绿的枝头新叶上，一丛丛粉红的、白色的茶耳，一个个雪白的球状茶泡，摘了吃，又甜又脆……

而当早生的笋子长成了高高的笋蒿，我们也常一枝枝拔去梢尖的嫩叶，再摘来一茎茎野蔷薇的粉红花朵，插满笋蒿的梢管，笋蒿顿时就成了异常漂亮的竹子花。

扯笋

摘山苍子

过了小暑，迎来了一年中最炎热的天气。太阳一大早就从村庄对面的对门岭和东茅岭交汇处的山窝里升上来。起初火红如锣，映出天际绚丽的朝霞，随着太阳渐渐爬高，它的颜色也越来越白，越来越亮，越来越刺眼，光芒四射，让人不敢直视。热浪如灼，烤着村庄，烤着江流两岸渐趋发黄的稻田，烤着山岭上的油茶林和山苍子林。

在生产队时期，每年这个时候，各队就会安排劳动力摘山苍子。

那时，我们村庄一共有四个生产队，按照整个羊乌大队的排序，分别是五队、六队、七队和八队，我家在五队。各队都有一到两片山苍子林，我们五队就有一大片，在村前对门岭。凑巧的是，后来田土山分到户，这片山苍子林恰好被我家抓阄分着了。

在童年最初的记忆里，对门岭的山苍子林已长得高大茂盛，尤其是半山腰以下，愈发稠密。这些山苍子树，多是与油茶树共生。只是山苍子树生长迅速，枝叶浓密，远高过油茶树。因此，在长满山苍子树的山岭上，夏日里远观，很难看到油茶树。

山苍子树一年中最美的时刻，自然是在正月早春。此时，一树树光裸的枝条上，缀满了无数的细碎繁花，整片山林变得金黄明丽，十分壮观。旧日里，也有村中妇女采摘一些山苍子花晒干做茶，不过这样会影响结子，为生产队所禁止。当新叶吐翠，繁花落去，一树树的繁枝上，便结出了数不清的翠珠，这就是山苍子。

山苍子树是一种香料树，它的枝叶花果，都有着浓郁的气味。山苍子成熟后，粒粒如豆，香味浓烈，摘下来可以提炼香油。那时候，我们村里的杏才和孝端，在榨油坊墙外的水圳边砌筑了大砖灶，灶口架着特制的大铁锅，木甑巨大，是专门用来蒸馏山苍子油的。这里有好几棵参天古柏，能遮挡炎炎烈日。采摘山苍子的那段日子，他们的炼油灶也开火了，炼油原理与乡间出红薯烧酒如出一辙。村里各生产队摘下的山苍子，都是挑来卖给他们。他们炼了山苍子油，再卖给国家的收购点。

对于生产队的农事来说，摘山苍子算是轻活。山苍子树质地轻，又脆，很容易扳断，一般是安排妇女和老人采摘。儿时的我，就跟随母亲和姐姐，多次摘过山苍子。采摘的用具，除了箩筐、竹篮、油茶篓之外，还会特地带上簸箕。山苍子树的主干和枝丫，遍布籽粒，摘时需有耐心，或是一粒两粒地慢慢摘，或是牵着枝条用手掌捋，捋时，半握状的手掌要沿着枝条逆行，一捧一捧，连叶带粒捋下，丢入篮中。倘若顺着枝条的生长方向捋，山苍子极易破裂。一棵枝干丛生的山苍子树，不管采摘的人如何小心，大大小小的枝条甚至主干，折的折，断的断，散落一地。一篮一篓的山苍子摘下，倒入簸箕，拣去柔软的长叶，簸去烂叶和杂质，再装入箩筐。一场山苍子摘下来，整片林子如同遭受了一场浩劫，每双采摘的手，全被山苍子的汁液染绿，气味刺鼻，即便清洗，几天后仍不会消退。摘下的山苍子容易变黑，得及时卖给炼油人。

摘过山苍子后的林子里，那些高高的枝梢上，地面的草丛和落叶下面，总还零散残存着一些籽粒。此后几天，都会有孩子来捡山苍子，卖给炼油人，换得几角几分，开心不已。

这片山苍子林归了我们家后的第一年摘山苍子时，原来同一个生产队的很多人都来抢着采摘，父母驱赶时，多次与他们发生争吵。一些人甚至强词夺理地说：“这林子是生产队栽的，又不是你家里栽的！”之后，来偷砍山苍子树的人也多，因为山苍子树晒干了是很好的柴火。这样持续了两三年，山苍子树也越来越少，父亲索性将所有山苍子树都砍了，悉心培植油茶林。

现在想来，山苍子树或许不是故乡大地上的原生树种。童年和少年时期，故乡周边的村庄都有山苍子林。在我上初中时，从我们村到洋塘中学一路经过的村庄——朽木溪、臼林、龙形上、西冲、窑上、洋塘冲，都能看到成片的山苍子树，且都集中在各自的村旁路边。不过在当时，我并没思索过这种寻常树木来自何方，植于何时。这些林子随着生产队的解体，没几年就消失了，确也曾让我惋惜。我是在人到中年之后，经了多次问询，才知道故乡的山苍子树，大约是在二十世纪六十年代中期，根据上级政府的指令，引进苗木，根植于这些红壤山岭的。

世情变幻，山川殊异。如今的故乡，在春寒料峭的日子，偶尔从山边路过时，我还能看到几枝山苍子花突兀在荒芜的林间，那么金黄明丽，也让我猛然间就有了亲切的回忆。

背杉树

割了晚稻，摘了油茶，挖了红薯，冬天已然来临。在之后的几个月里，乡村的农事已少，进入长长的冬闲期，一直延续到来年春耕。昔日故乡曾有一句谚语：“坐正月，耍二月。”正是农闲的写照。

长久的农闲，窝在家里坐吃山空，对于勤劳惯了的乡民来说，既闲得发慌，更愁得发慌。愁家中的粮食一天天少下去，愁吃盐点灯各项用度总需要钱，而赚钱的门路对于偏远山村又那样少，有力无处使。这个时候，倘若村中有人能闯出一条大家都力所能及的挣钱门路，很快便一而十，十而百，百而千，在周边的村庄效仿开来。二十世纪七十年代到八十年代中期的十多年间，背杉树卖苦力钱的壮观场面，曾是故乡大地上的一道独特风景。

故乡八公分村所在的地理位置比较特殊，位于旧时郴县（现为郴州市苏仙区）、桂阳、永兴三县的交界之处。那时，我们村庄周边的山岭，虽说也生长着众多的杉树，但多数是间杂在油茶林里。而真正漫山遍野都生长着高大杉树林，出产杉木用材的，是在郴县的一侧。从我们村庄出发，沿着东南方向随山势而抬升的小路，经过油市塘等五个小村，就进入了桂阳县。再往前，就是郴县境内，经桃冲口、段家、小洋塘……直到西河边，那一带的山岭更陡，更偏僻，更荒凉，人烟稀少，全是竹山和杉树山，山径也更难走。

我很小的时候，桃冲口、段家、小洋塘、西河这些距离故乡三四十里的地名就已耳熟能详，那是我们村里人经常去背杉树的地方。乡人到那一带背杉树，据说始于村中一个木匠，他有亲戚在那边，多次应邀到那一带做木工，有时回家就顺便背一棵大杉树来，或作为木器用料，或背到黄泥圩卖钱。

黄泥圩又叫永红圩，在我们村庄东面山岭之外，距村约十里，也是国营永红煤矿所在地，还有一些当地村集体所办的煤窑，木材需求量大。那里又靠近京广公路和京广铁路，是经济较为发达的物流集散地。我们村庄的人平素赶圩，大多就是赶黄泥圩，五日一圩。

农闲日子去远地背树的乡人，无论男女，只要能背得动树，往返走七八十里路不怕苦，就都会去。我二姐最初背杉树，也才十六岁。村里人去背杉树，都是成群结伴，天还没亮就吃了饭摸黑出发，带几个红薯和一根短木棍。红薯是路上的干粮，渴了就喝点井水或山泉。木棍用来驱狗，也可在背树时垫在后肩，略为撬着树干的后端，以保持平衡，这样也更省力。

在生产队时期，那些出产杉树的地方，卖杉树也是集体行为。那里的生产队组织劳力，将杉树伐倒在山上，剥去下部的树皮，任其自然晾晒。我们这边的人到了那一带，挑选好自己中意的杉树，量了树围，砍去树尾的枝丫，付了钱，就可背上肩返回。量树围是在树高五尺的地方量周长，周长一尺叫一尺围，以此类推，树价依围数的大小而异。早期一棵一尺围的杉树，一块钱就能买下。之后随着生产队解体，买卖双方成了私人行为，树价自然也水涨船高。

乡人背回来的杉树，绝大多数是整棵的，白亮的树干，上端留一截没剥皮的棕黑色树尾巴。也有的人是背粗大的杉树筒子，长六尺，是用来做寿材的，一丈二的筒子又叫连筒子。当然，也有力气小的，就背一根杉树尾巴，是裁了筒子后剩下的，价格也更便宜。

我清楚记得，每天傍晚时分，就开始有人背着杉树陆续回村，他们脚步缓慢，精疲力竭。有的人身强体壮，甚至挑了两棵长树，树尾绑在一起，像楔子一样远远伸在前面，人夹在两树之间，用扁担或木棒挑着套在树腰的绳索，走起路来，身后张开的树干不时与山路两旁的树枝磕磕碰碰，愈发艰难。这时候，村中那些母亲们，常焦急地走到村前遥望，不时问着回来的人，自己的孩子或丈夫背树回来了没有。有的母亲实在急不过，就匆匆地前去接应。我们家劳力少，父亲年事又高，背树赚钱的重任就落在二姐的肩上。有好多次，我的母亲一路问询着，走上十几里山路，才能接到二姐。等她们两人抬着杉树回到家，已是掌灯时分，有时甚至已近半夜。

到了赶圩的日子，一大早，就能看到故乡周边村庄的男女老少，背着或挑着杉树，走出家门，走出村庄，络绎不绝，汇聚于通往黄泥圩的山道上。那一天，圩场上杉树成行、成堆、成垛，人头攒动。乡人讨价还价，卖掉早几天从深山背回的杉树，赚了几角几元的差价，心满意足。

第二天天未亮，狗吠鸡鸣的村庄里，早起的背树人的杂沓脚步，又陆续响起在青石板巷子里，朝着村外遥远的深山进发。

挖锰石

小时候，过了江上的木桥，去村对面的山岭捡柴，常要从一条溪涧边的小路上走过，路的左边是对门岭，右边是圆岭和东茅岭。涧里常年溪水潺潺，涧畔是茂盛的草木荆棘，野竹子和乌泡藤尤多。在往返的途中，扯笋子，摘乌泡吃，曾带给我许多的乐趣。

这条小路上，垫了一层黑乎乎的碎石渣，经过多年的踩踏，已与泥土挤压密实，但我们赤脚走过时，高低不平，还是抵得脚板痛，有时不注意甚至踢破脚趾头。这些大小不一的石渣，有着金属的光泽，太阳一照，更是色彩斑斓，也不知道究竟是些什么东西。我们常捡一些回家，敲成比拇指头略大的小石子，七八粒，用来在石板巷子里玩打石子的游戏。

得知这些石渣是大炼钢铁的残留物，已在多年之后。据说那个年代，这溪涧的附近曾建了高炉炼铁，热火朝天，村旁和江岸的大量古树化作了高炉上空的烟尘，烧出了大量黑乎乎的炉渣。在我童年时期，炼铁的高炉早无踪影，唯有那段小路上的炉渣还不曾完全被泥土和荒草覆盖。

曾有一段时间，村中捡锰石、挖锰石的人突然多了起来，甚至还有传闻，说对门岭和东茅岭勘探有锰矿，将来要开矿办炼铁厂。那时，村前山脚下的简易黄土公路已修通好几年，路上偶尔有大汽车开过，去了深山更深处的沙窝村，传言那里已在开采锰矿，大汽车是去拉锰石的。有的日子，拉锰石的汽车也会停在我们村前的公路边，或者供销社旁边的一块大空地上，在那里收购锰石。拉锰石的汽车来自哪里？又将锰石拉往何方？我其时正上小学，只看到汽车从公社那边来，又向那边去，未曾深究。

锰石，乡人自小就认识的，我也不例外。对门岭和东茅岭的红壤表面，就多锰石，绝大多数像散落的兔子屎一样，乌黑光亮，圆溜溜。也有的锰石大如拳头、大如碗口，甚至有的大如篮球，表面密布坑眼，多数还夹杂着白色的杂质。我们以前上山捡柴割叶，谁也不会在意这些没用的大小石子。

陡然间听说锰石能卖钱，村庄周边的乡人捡锰石、挖锰石的热情高涨。尤其是高高的东茅岭上，挖锰石的人更多，我也曾是其中的一个。我那时上山挖锰石，也学着大人的模样，挑一担竹筛，扛一把草刮（方言，一种较为轻巧的铁板锄）。走上山坡，寻一处自认为有锰石的地方，一顿乱挖，捡拾大大小小的锰石。中青年男子挖锰石，通常在东茅岭的山顶开挖，采掘煤窑一样，挖出一个个又大又深的洞子，洞子附近的油茶树、杉树和其他杂树全被砍了，红色的泥土倒在洞外，形成大大的土堆，覆盖了下面的树木。我们从山下，甚至从村庄里，一眼就能看到很多这样的新鲜土堆，在绿树林间分外醒目。

众人一窝蜂式挖锰石的情景，持续时间不太久，原因是来村里拉锰石的汽车极少，很多锰石卖不出。我花了好些日子挖的那些锰石，堆在供销社旁的一处空地上，就不曾卖掉，时间一久，被别人拣的拣，丢的丢，没心思管它了。村里长期挖锰石的，最后只剩少数几个成年人，友德就是其中之一。他经常从山上挑一担锰石下来，到江边清洗后，再倒在供销社旁的一处空坪，日积月累，堆积如小山。一两年后，他们也不挖锰石了。

似乎从乱挖锰石那时起，东茅岭那一带的泥石流就多了起来。下大雨的日子，山溪带着泥沙滚滚而下，黄汤漫漫，淤积溪涧，汇入江流。

十多年前，故乡的几座山岭，又遭到了持续两年多的野蛮挖掘。

彼时，村里一个头脑灵光又发了点小财的男子，买了一台小挖掘机，雇请了几个人，架了电线和抽水设施，在附近山上挖锰、洗锰。他先是在对门岭上挖，抽取江水淘洗锰石。之后，他又如法炮制，辗转在东茅岭及邻村朽木溪的红壤山岭，所到之处，山形易容，草木尽毁，如同浩劫。

采药草

在两分钱能买一盒火柴的年代，对于故乡人家来说，除了种田作土饲养禽畜之外，哪怕能用辛劳和汗水换取一分一厘，都是好事呀！虽说我们这一带的山岭也谈不上是深山老林，但一些寻常的药草还是有的。那时乡人有个伤风感冒头痛发热，多是自己找点土方子，用砂罐熬了，喝了汤汁，出一身汗，三两天也就好了。当然，中药铺子，大队部、公社和圩场上也是有的。许多年里，这些药铺还收购干药草，给乡人找油盐钱多了一条门路。

暮春三月，金银花迎风盛开。这种藤本植物，成丛生长，也常攀缘着高树，爬得高高。它那丝条状的无数花朵，雪白与金黄共生，让人一眼就能轻易认出。在乡人的生活经验里，金银花是清热解暑的良药，摘来略略一蒸，晒干了，能当茶叶，茶汤淡黄明亮，清香飘拂。金银花的藤叶，可砍来剁碎晒干，夏日里熬水洗澡，能祛痱子。

夏枯草也是一种十分美丽的花草，路旁、溪岸、山野之上，十分常见。夏枯草一片一片丛生着，高尺许，细叶如甲，梢头顶着一个拇指粗的穗子，酷似一段麦穗。穗子开花时，呈紫白色，香气微醺。端午节后，夏枯草干枯，短穗变成黄褐色，这时采收正好。这段日子，村庄的空坪和禾场上，常见一块块夏枯草被整齐铺开在太阳下晾晒。晒干的夏枯草扎成众多的小扎，日后就可卖给药铺。

比夏枯草更香的是香薷。在故乡，香薷有两种，大叶香薷和小叶香薷。小叶香薷药用价值更高，乡人多采来剁去根须晒干卖钱。小叶香薷叶片细长，干枝细瘦，喜爱生长在土质肥厚又当阴的山窝里，尤其是垦山后的地方尤多。记忆最深刻的是，许多个烈日当空的盛夏午后，母亲从山岭上肩扛满满一大竹篮细叶香薷回家。我们便趁着母亲做饭时，拿了猪菜刀和木砧板，剁去细叶香薷那被泥土染黄的发达根须，随之将其铺在太阳下晾晒。

进入秋天，那些果实和块根能入药的野生植物，又成了乡人采收的对象，比如金樱子、黄栀子、金刚蔸、土茯苓……

金樱子成熟后，变成橘红，仿佛一个个小小的弹花锤，浑身密布针刺，摘时需十分小心，手脚很容易被划出血口子。我们上山捡柴时，经常摘一些金樱子，丢在地上，用石头摩擦一番，擦掉那些密刺，咬开了，抠去里面的粗糙毛籽，啃着皮壳吃，很香甜。妇女们采摘它作药时，则多是竹篮里带一把剪刀，这样摘快得多。只是有的荒山上，金樱子的刺长得实在太多太茂盛了，费了十二个小心走入里面，要想退出来，就难了，磕磕绊绊，身上不添几道血丝印子，是万不可能的。摘回家的金樱子，会被切开晾晒，乡人相信其具有益肾的功效，因此各家也常用来浸泡红薯烧酒。黄栀子比金樱子好摘多了，黄里带红，光亮鲜艳。除了药用价值，成熟的黄栀子也是天然的染色剂，它的薄皮之中，是一包红黄的籽粒，乡人出红薯烧酒时，常在盛酒的坛中放入一两个剥好的黄栀子，浸泡后酒液就会被染成金黄色，很是悦目。

挖金刚蔸则是力气活。山岭上的金刚蔸很多，藤条直立光滑，绿得发亮，只是也多利刺，让人平素不敢靠近。等到深秋，它的如掌大叶变红脱落，枝梢只剩一丛丛鲜红的小圆果，可吃，但涩得很。它的块根如姜，也多刺。有许多日子，我喜欢与同伴一起到村前的对门岭挖金刚蔸。金刚蔸坚硬，挖回家后需用柴刀将其剁成薄片晒干，方可做药。土茯苓是长藤植物，常附着油茶树生长，它的块根不大，藏在泥土深处，挖它比挖金刚蔸费事多了。

冬天的原野上，金黄色的野菊花恣意开放，是肃杀氛围中的一抹亮色。野菊花清肝明目，为乡人所爱，也是药铺的常备之品。

采药草

第四辑

养殖

放牛

十多年前，村庄最后一头耕牛被卖掉。从此，作为传统农耕的符号，牛从故乡的田野上消失了。那些山野间曾经响起的牛铃，那些夕阳下络绎归来的牛群，那些沉默的犁耙，那些不时吆喝几声的耕田人，仿佛风暴里的落叶，正加速向时光深处飞逝。

在我的童年时代，村里的四个生产队，都各有八九头耕牛，水牛、黄牛都有，水牛无论身材还是犄角都比黄牛硕大而健壮，数量也更多。

各队建的牛栏，地点不一，有的靠近村北山边，多数在村南的禾场旁，各自成排，每间能关进一头成年的公水牛或两头黄牛。村中一条石板巷子，因巷口的几间瓦舍一度关过牛，得名牛栏巷，这也是故乡唯一有确切名称的小巷。

牛既多，放牛人自然也多，丙成、国常、国杏、庠付、国皇、卫国、家和、付和、良胜……我如今都能一口气报出一长串名字。生产队挑选放牛人，多基于这样的考虑：首先要有耐心和责任心，其次适当照顾劳动力弱的困难家庭。在以挣工分为要务的集体农耕时期，放牛工分低，村里的放牛人要么是老者、体弱者，要么是少年或幼童。各队的主要劳力，少有放牛的。小时候，我家在青砖黑瓦的老厅屋居住，同住这栋带天井的大宅院还有四户，在众多的男孩里，付和比我大三岁，他从小就放牛，我尤其喜欢跟他玩在一起。

一年中，耕牛有两段时间最为辛苦——春耕和“双抢”。这些日子，放牛人天未亮就得早起，到牛栏牵了牛去牧放，江边、山岭，青草越丰茂的地方，就越往那里去。待生产队吹哨子出早工时，他们已赶着肚子吃得圆圆鼓鼓的耕牛回来了，将牛交给犁田人。中午时分，犁田人回家吃午饭，放牛人得及时去田间牵了牛，到江边牧放，让水牛泡水。傍晚犁田人收工，放牛人接过耕牛，要放到天黑，才赶回牛栏关好。

盛夏“双抢”，天气炎热，牛的劳动强度更大，体力消耗严重。为及时补充牛的体力，每天上午，放牛人还得到地里割红薯藤，抱到田间来喂食。不过，割红薯藤有讲究，只割伸展到园土边上的，若是割园土中间的，会导致红薯减产，要被生产队干部和社员责骂。这期间，各队还会安排妇女酿甜米酒，一缸一缸摆放在生产队的禾屋里，由放牛的人每天中午装半桶子，用竹筒灌给耕牛吃。曾经多次，我跟着付和走在烈日下的田埂上，两人不时抓一把甜酒吃，香甜又开心。

当早稻和晚稻插下田，耕牛闲下来了，放牛人的日子不再那么忙碌，变得悠闲起来。通常是，早饭过后，放牛人三五个一起，赶着一大群水牛、黄牛，沿着石板小路出了村，过了桥，到对门岭和东茅岭一带放牛。一路上牛铃叮当，好不热闹。村中许多男孩儿，也常跟着牛群上山捡柴。我那时同许多顽童一样，也喜欢嘻嘻哈哈爬牛背骑牛。不过，我不敢骑大公牛，只敢骑温顺的老母牛，或半大的小牛。只是小牛易受惊，刚刚爬到它的屁股上面骑着，它一跑一蹦，人就滑了下来，有时仰天倒下，摔得头痛眼花。

牛在山间自在地吃草，放牛的一群人或坐在凉亭里打扑克，或在林子里捡柴、割茅草，消磨着时光。他们是不回家吃午饭的，山间的野果，山边园土的四时物产，可以果腹，即便饿着，对于山里人来说，也习以为常。有时，爱斗的公牛，听到远处的大公牛叫，会狂奔着冲出牛群，跑去斗架，异常凶猛。两牛相见，分外眼红，斗得牛角啪啪响，难分伯仲，要斗到一方落荒而逃，胜利的一方追赶很远才罢休。这紧张又刺激的场面，也增添了放牛时的乐趣。

太阳西斜，在山间放了一天的牛络绎回村。一些牛背上，绑着干柴捆，或者茅草捆，那是放牛人的额外收获。牛群经过的路上，不时会落下几团大粪，黑磨盘一般，或被拾粪人用竹筛装了去，或成了屎壳郎的丰盛大餐。许多时候，放牛人还会给牛套上藤条或篾条编织的嘴套，以免它们啃食路边的园土作物或稻田的禾苗。

到了村前的江边，水牛们变得兴奋起来，拥挤着，纷纷走下江岸，蹚水前行，江面一时水花四溅，水声喧哗。在水深的地方，牛儿舒舒服服地浸泡着，不时甩动尾巴，晃几下脑袋，嘴巴不停地反刍着，目光明亮，神态安详，喜爱叮咬在牛的毛皮上的牛虻也飞得没了踪影。放牛人要等它们泡足了水，这才吆喝着，驱赶上岸，沿着田间的石板小径，浩浩荡荡向着鸡鸣犬吠的村庄走来。此时，袅袅的炊烟已升腾在家家户户的屋顶。

童年里，我也曾希望父亲能从生产队领一头牛让我来放，但一直没被父亲答应。其实，父亲之所以如此，源于他童年的放牛经历。父亲是遗腹子，六七岁时，因为家贫，他就去了十几里外的一个名叫许家冲的村子给人家放牛。有一天，牛一时走丢了，他吓得不敢回雇主家，夜里偷偷躲进牛栏楼上的稻草堆。雇主不见人和牛回家，也急了，第二天又到山岭寻找，牛找到了，人却依然不见，便打发人来告诉我的祖母。小脚的祖母哭哭啼啼，赶去那村子找她的小儿子。父亲听见祖母在那牛栏旁的哭喊声，这才战战兢兢从稻草堆里钻出来。母子两个抱头痛哭，祖母牵着父亲的手说，一同回家去，宁愿母子讨饭，也要在一起，再也不放牛了。每次父亲讲述他的这段童年遭遇，我们一家人都泪湿眼眶。

如今的故乡，早已没有了耕牛，也不再有牵牛、骑牛的牧童。那些放牛的辛酸与快乐，成了遥远的记忆，恍然如梦境。

放牛

养猪

写下这个题目，我不由得想到青草。此时，春意阑珊，窗外正下着晨雨，正是池塘生春草的时候。要是时光能够倒流，回到我的童年，这样的雨中春晨，我定然正戴着斗笠，身披塑料薄膜，提着篮子在池边江畔扯着鲜嫩的猪草。

旧时的故乡，每个生产队三十来户人家，全村四个生产队一百多户，除少数孤寡病老特殊家庭外，其余都养猪。乡人的猪栏和茅厕集中连片，分布在青砖黑瓦的住宅群两旁。猪栏虽比住宅矮小简陋，但普遍也是两层的瓦房，底下养猪，楼上收藏稻草和茅草，用来垫猪栏。每日早中晚，到了喂潲的时候，各家都会有人提着或挑着潲桶，走过长长短短的青石板巷子，拐弯抹角来到自家猪栏喂猪。

大集体下的农家养猪，俗称养工分猪，农家只有饲养的份，猪养大了，如何处置，由所在生产队决定。通常情况，每年清明、端午、中秋三个节日，生产队会安排宰杀一头大猪分肉，过年则多杀几头。杀猪的人家，一般只能留一盆猪血，所有的猪肉和内脏合并称重后归生产队，生产队则按照每斤肉十分工的标准给这家计算工分。再者，生产队每年都有生猪上交任务，这也差不多占了全队农户养猪总数的大半，农户按照生产队的安排，请了人力，用竹杠抬着肥猪交到公社食品站称毛重，生产队再按毛重的八成左右折算猪肉计工分。除此之外，无论宰杀或上交，每出栏一头猪，生产队补助养猪户一百斤稻谷，外加猪栏里污秽浊臭的猪栏淤，这是农田的优质肥。春耕和"双抢"时，生产队安排青年劳力清空各家的猪栏，每百斤猪栏淤计一分工。这几项累加起来，便是一户农家耗费一年时间养成一头猪的总收入。

在温饱尚未解决的年代，农家养猪全凭猪草，饲养的又都是本地土猪，生长缓慢，要一年甚至一年多时间，才能养出一头大猪。普通家庭，一年也就养一头，要等大猪宰杀或上交了，才再买一只猪崽来喂养。即便如此，出栏的大猪也重不到哪里去，能有两百斤的已是稀罕。那时通常对成品猪的重量分等级，甲等、乙等、丙等，达到一百三十斤重的，已属甲等猪，算养得很好了。现在回过头来看，那个年代的农家猪，吃的是天然草料，成长周期又长，难怪肉质鲜香，健康安全，远非时下靠着饲料和药物规模化养殖的速成猪可比拟。

扯猪草、煮潲、喂猪，是那时乡人每天都要面对的要务。人可以哄自己的肚皮，但不能哄猪的肚皮，一年三百六十五日，一日三顿，一顿猪潲都不能落下。而各家主要劳动力要参加生产队的劳动，扯猪草、捡柴火、喂潲这些事情，就更多落到了未成年孩子的身上。在我的童年时代，村前的田埂上、水圳旁、江岸边，乃至园土里、山岭间，到处都曾留下我和姐姐扯猪草捡柴的身影。我的父母，在劳作之余，也常将自留地里摘来的专门喂猪的肥菜，从生产队分得的萝卜缨子和红薯藤，都剁碎了，煮成大铁锅里沸腾暗绿的猪潲。一日日、一月月、一锅锅地煮潲，经过一家人的操劳，才渐渐长出了猪栏里膘肥体壮的希望。我记得许多次与母亲一同去喂猪时，她俯下身子，探手抚摸吃得正欢的大猪背脊，眼角总是堆满了笑意。

分田到户之后，随着粮食的增产，园土作物的增多，曾有多年，我们家养着两头猪，一大一小。杀猪卖肉，成了每年必有的喜事。不过此时的村庄，本地土猪渐渐少了，外来的品种白洋猪渐渐多了。白洋猪个头高，架子长，加上乡人舍得在猪草潲中投入米糠、红薯等粮食，远比土猪长得更快更肥壮。我读中学、上中专的那些年，所有的花费，大多来自父母的养猪收入。

父母在家养猪，一直持续到晚年，其时已到二十世纪九十年代后

养猪

期，我的女儿黄佳也在县城上幼儿园了。这时父母养猪，一年只养一头，年头养，年尾杀，不再单纯为卖肉挣钱，而是等我带着家人，并约了姐姐们，过年时一起回家里杀年猪，吃团圆饭。

时代变迁，养猪的人家越来越少，渐趋于无。那众多旧日的猪栏，在几轮旧村拆迁和改造中，大多推倒不见了。昔日人见人爱的猪草，园土路旁，到处都是，丰美繁茂，却无人问津。即便是园土里碧绿的红薯藤，也成了弃之无用的废物，让人唯有隔世之叹。

养狗

旧时乡间多狗，大村、小村，乃至单家独户的庄上，无不养着狗，毛色各异，尤以黄毛土狗为多。我们每次从邻村路过，最要提防的就是狗，有的汪汪大叫步步紧逼，有的龇牙怒目嘴唇抖动，为防追咬，预先得捡一根木棍或一块砖头拿着，不时挥手顿足吓它一吓。据称，越小的村子，狗越凶狠，正如越大的村子，人越恃强。难怪乡谚说：“大村的人，小村的狗。”

乡人养狗，其实也未必全为了看家护院，许多时候，家中小孩看到别人家养着狗，觉得好玩有趣得很，也闹着要养，做父母的往往就会满足这个小要求，等到合适的时机，捉一只狗崽来。那时，亲戚邻里之间，若某家的母狗生下一群狗崽，就会陆续有人预订一只或两只，到狗崽满月时，捉来就行，无须拿钱。况且乡间历来有一说法：狗崽是不能卖钱的，得钱遭晦气。我在儿时养的那只漂亮又通人性的黄毛狗，就是这样得来的。狗是那样聪明，又爱亲昵人，养着养着，一家人都喜欢上了，成了家中一员。

故乡在当地算是大村，人多狗多，直到我童年时代，依然保持着一种古风，极少吃狗肉。在乡人看来，狗就如同家庭成员，不忍心伤害，外人打狗也有欺主之嫌，是辱门庭的事，要结仇怨的。再者，狗常吃粪便，村中小孩蹲地上拉便，做母亲的“啧啧啧啧”咂几下嘴，或者拖着长嗓子唤一声“狗唠——”，就会有几只大狗小狗奔跑而来，争抢着吃下，有时做母亲的还特地将孩子的屁股掰开，让狗三下两下舔干净，为此，乡人一向认定狗肉不洁，上不了席面。最忌讳的，乡间有“打狗散场”的俗语，在崇尚亲人团圆平安的背景下，打狗吃肉寓意倒火散场，是不祥之兆，会招致厄运。那时候，村中凡有小狗夭折或老狗死亡，乡人都是扔进江中或埋掉。

狗在乡村的日子，无拘无束，觅食与玩耍是它们的主业。故乡有几个老猎户，他们都养有几只狗，每次出猎时，那一行威风凛凛的大狗也就多了一份职责。我儿时与一众玩伴，曾多次跟去赶山助威，惊吓猎物。那时的农家，温饱尚成问题，很少用米饭喂狗。狗在家中进进出出，无非捡些地上掉的饭菜，偷吃些潲桶里的猪食，偶尔吃点红薯，啃点骨头，大约没几人真正在意过狗的饥饱。但乡间的狗又总是那样生气勃勃，追逐，嬉戏，打斗，叫唤，摇头摆尾，身姿矫健，精神十足。

在夜里，狗成了家庭和村庄的真正守护者，每当陌生人的脚步临近，还远远的，它们就已感知，狂吠不止，足以让歹人受到震慑。不过，偶尔在漆黑的深夜，也能听得有狗在石板巷子里跑着哭嚎，令人恐怖。这样的时刻，我若听到，就会吓得躲进被窝，不敢露头。旧时迷信，说这是狗看见鬼了，在追鬼呢。

多狗的村庄，周边野地里的狗粪也多。在那个传统农耕时代，这也催生了一门拾粪的工作。每天一大早，村中就有不少老人和孩子，从茅厕提出一个粪箕，拿一把用旧镰刀弯折做成的长柄刮子，游荡在村庄周边的空坪、草地、树下、田埂、池边、溪岸、山旁……仔细寻觅，将狗粪和牛粪都一一收进箕中。我也曾是其中一员，并乐此不疲，给自家茅厕增加了许多粪淤。在耕种需要的时候，各家将茅厕里的粪淤掏出，交给生产队，换得工分。

故乡的狗开始变得少起来，并逐渐改变了乡人沿袭久远对狗的敬畏，是在分田到户的前后。那时已有山外圩场的闲人和煤矿工人，来村庄偷狗，或投毒饵，或用棒击，或以网逮，用尽各种残忍手段。也有的人，结伙来村庄里转悠买狗。狗既然能卖钱，又风闻狗肉好吃得很，里应外合之下，乡间那些古老的遗风便轰然崩溃。我家那条养了多年的黄毛狗，也因为家里建了新瓦房后急需钱用，被卖掉换钱。眼睁睁看着那相处多年的伙伴，挣扎着被两个陌生人用绳索套了颈脖拉走，沉入池塘闷死，我伤心得号啕大哭。此后几十年，我们每谈到那个场面，谈到那狗的绝望眼神，一家人都很沉痛忧伤，有一种深深的负罪感。

时代变换，移风易俗。如今的故乡，养狗的人家少了。倒是城里狗多为患，公园绿地，狗粪密布，让人怨声载道。

早几年，包括故乡在内的一些地方，一度禁止农家养狗、养鸡、养鸭。一个没有鸡犬相闻的村庄，纵然房屋精美，街巷井然，终究过于寂寞单调，太没有生气了。

养兔

在那饥馑的岁月，当猪肉成为乡民一年都难以吃到的珍品，养兔悄然在故乡的村庄蔓延开来。曾有两三年，家兔成了清汤寡水的农家日子里的重要肉食来源。

我还小的时候，父母就多次说起，家里曾经养过兔子，数量还不少。我那时听来，觉得很是好奇，又遗憾，遗憾父母为什么不一直养下来，让我也能有机会养可爱的兔子，看它们吃草，跟它们玩耍。因为在我童年时期，村中似乎没听说谁家养兔子了，倒是有打猎的人，不时在鸟铳上悬着几只死伤的野兔从山岭回来。

村庄周边的山上，野兔是很多的，尤其是茅草深厚的荒山。我们上山捡柴时，经常看到一小堆黑亮如豆的粪便，大家都知道，那是兔子屎，还能发现一些有着新鲜泥土的兔子洞。但我们是抓不住野兔子的，那样机灵又胆小的家伙，稍有响动，早就逃之夭夭了。冬天里，山间百草萧条，独山边旱土里麦苗青青，来偷吃麦苗的野兔就更多更勤了，我们从路边经过时，常远远就看到灰麻的野兔从麦地窜出，闪电般上了土坎，跑入干枯的茅草丛中去了。

我一向对家中曾养过兔的事情着迷，从童年到少年。在父母和比我大十七岁的大姐的屡次讲述中，我渐渐理出了一个大致的眉目。

大约在我出生的十一年前，偏僻的湘南山区八公分村，也架起了高炉，大炼钢铁，家家户户的鼎罐锅子及种种铁器，化作了高炉里的铁水。村里各生产队，都吃公共食堂，农家不再生火做饭。那时的故乡，一年只种一季高秆稻，产量低，粮食收成少，吃肉就更成了奢望，虽说生产队办有饲养场，养了几头猪，但差不多也要过年才能吃上一次肉。每天饿肚子吃不饱成了常态，很多人都得了黄肿病。这样的苦日子过了三年，公共食堂倒闭，农家的土灶才又有了炊烟。

也就从这时起，村里开始有人家养兔。家兔易饲养，成长过程短，吃的是各种青草和菜叶，所需地方又不大，且繁殖快，数量多，可卖可吃，这对于刚脱离公共食堂的普通农家来说，无疑是一个好门路。乡人竞相效仿，饲养的家庭众多，我的父母也从别人家买了一对兔子来养，一公一母，一只白色，一只灰色。我们家的兔子，起初就养在灶屋里，在高脚碗橇（方言，一种碗柜）底下用砖头围了一个兔子窝。兔子爱打洞，而碗橇挨着水缸，泥地面常年潮湿，打起洞来更容易，甚至连通到了隔壁邻居家，不时在我们两家窜出窜进。兔子多时，白的白，灰的灰，大的大，小的小，我们家灶屋的宽板长凳下，灶灰坑，都成了它们的藏身之处。

只是兔子气味大，养得多了，更为浓烈。若是喂吃了露水草，兔子拉稀，家里就更脏。后来，父母将这些兔子专门关在一间耳房里，与我们家一巷之隔，那是祖上分给父亲的一间逼仄小屋，任由兔子们打地洞，胡乱拉撒。这样又过了一两年。

家中养兔的岁月，遇着来了客人，或者过节，父母就会宰杀一只兔子或煮或炒，尽管有一股膻气，远没有猪肉好吃，但已是难得的佳肴。而剥下的兔子皮，晒干后，可用来给小孩缝制帽子上的装饰。

公共食堂解散之后，农耕政策相对宽松，激发了农户谋划自家生活的自主性，村里建猪栏养猪的人家渐渐多了，养鸡、鸭、鹅的也多了，村庄变得活泼起来，养猪成了农家在参加集体生产之余的最大副业。此长彼消之下，养兔也就自然少了，乃至于无。此后很长时期，故乡农家养猪，俗称养工分猪，农家的猪长大了，交给生产队宰杀分肉，或者按照国家下达的收购任务上交生猪，生产队再按猪肉的重量给农户计算工分。这种养猪模式，一直持续到分田到户，其时我已上初中。

我在故乡再次真正看到有人养兔，差不多快高中毕业了。彼时这种养殖是零星的，与其说是为了吃肉，莫如说是家中孩子养着玩儿。几只小白兔关在水泥地面的房屋里，一屋角的大瓦瓮或一个木箱子，便是兔子的窝，地上满是吃剩的草叶。它们竖着长耳朵，嘴巴不停嚼着青草，眼睛红亮而机警，时时都在防范，随时预备逃跑。

养兔

养猫

当母亲吹熄了煤油灯，一家人上床躺下，漆黑的夜色顿时将屋里屋外塞得满满当当。只一会儿，楼上就起了响动，有奔突惊窜如乱马跑过的，有嚯嚯如卖力拉锯般啃木器的，有吱吱打斗叫唤的，也有坛子盖碰出声的，甚至还有沿着宽板楼梯忽上忽下的细碎脚步……此时我们便知道，老鼠出洞了。“喵呜”母亲学猫叫了一声，楼上的声音突然停顿了一下，老鼠显然被吓着了。可是才片刻，复又如前，似乎更加放肆。母亲便摸索着拿了床头的一根长竹竿，猛然嘭嘭嘭连捅几下木楼板，怒骂一声："死耗子！"这下鼠辈可吓得不轻，立马寂然，好一阵儿都安安静静的。可就在我们迷迷糊糊将睡未睡之际，窸窸窣窣的声音又渐渐起来了，只得由了它去。

旧时的乡村，老鼠一直是农家的心头之患。楼上的谷厫、板箱、柜子，但凡木器，没有不被它们啃烂的，甚至啃出洞来。有时，连木柜里的棉被也被啃得稀烂，成了鼠窝。稻谷、花生、豆子、高粱、红薯等各种粮食，更是它们的最爱，不论乡人如何妥善收藏，总难逃老鼠灵敏的嗅觉和锋利的牙齿，被偷吃，被糟蹋。尤其是立冬挖了红薯之后，故乡人家的三餐，常以红薯为主食，每隔些日子，就会从地窖里拣一两篮红薯，放在灶屋楼上，让柴火的烟尘熏干水分，焖熟了更甜。不过，这也方便了老鼠偷吃，日里夜里，楼板上的生红薯常有被老鼠拖动的，咬出深深浅浅的口子，齿痕历历，乌黑的老鼠屎落了一地，让人徒有愤恨。

对付老鼠，乡人也想尽了各种办法，养猫就是其中之一。那时村中养猫的人家不少，大猫、小猫，黑猫、花猫，十分常见。白日里，黑瓦的房顶，时常有猫儿出没，拖着尾巴，从一家的屋顶到了另一家的屋顶，也不知究竟是谁家的，甚或是来路不明的野猫。在乡人的思维定式里，狗仗义，再穷的人家，狗都不离不弃，亲热人得很。猫则不义气，嘴馋，爱吃鱼肉，谁家有好吃的，就偷偷溜到谁家去了。因此，农家的屋里，偶然来了一只不熟悉的猫，然后又悄悄走了，都是常事。

我家也曾养过一只猫，那是母亲从外婆家捉来的一只幼崽。起初，为防它跑掉，母亲用小绳子套在它身上，一端系于宽板长凳的凳脚，它在灶屋里的活动范围有限，无非灶上灶下，凳上凳下，走走，卧卧，“喵呜喵呜”的叫唤声，嫩嫩弱弱，无助又可怜兮兮的样子。我们是贫寒人家，喂给猫的也就是我们平日所吃的饭菜，有时是一点鱼骨或泥鳅、黄鳝的骨刺，猫也慢慢长大了，花斑的毛色柔顺光滑，健健康康。

猫走路轻捷，上楼下楼，进门出门，很难听到脚步声，幽灵一般。这大概也是让老鼠们十分忌惮的。我曾见过猫在白天捉老鼠，它静静地待在墙边，那是老鼠的必经之路，猫了然于心，它似乎已感知老鼠的动静，警惕又耐心等待着。果不其然，当一只鬼鬼祟祟的老鼠从幽暗角落倏然窜出，猫飞速扑了上去，一口咬住。老鼠蹬着腿，吱吱叫着，被猫叼走了。

多数时候，猫显得很慵懒，它有时伏在灶口的长凳上，盘着身子假寐，任你抚摸它的皮毛，都懒得起身。它也喜欢晒太阳，躺在大门口的石墩上，像迟暮的老人。你要逗得它不耐烦了，它才勉强站起，用黄色的眼睛瞧你一眼，拱着高腰，翘着尾巴，“喵呜”一声叫唤，跳到地上，懒洋洋地走了。这样的时刻，我总疑心它在夜里是不是会尽到捉鼠的职责。

有猫的日子，家里的老鼠好像没先前那么肆无忌惮了，我们夜里睡觉时，楼上的跑马声、嚯嚯的拉锯声已不那么密集。也不知那些老鼠究竟是被猫吃了不少呢，还是临时躲避风头，拖儿带女迁往别人家去了。

只是一年中猫也有几个日子叫得让人厌烦，我们偶尔在梦里都要被它们吵醒。一听，窗外谁家的屋顶上，几只叫春的猫正打斗着，追逐着，踩踏瓦片哗啦响，叫声如哭，似乎又痛苦，又悲凉，而且声音又格外大。“这死猫!”每每母亲这么骂一声，又继续睡去。此时，乡村的深夜安静极了，家中的老鼠或许正在窝里瑟瑟发抖，不敢游荡，不敢吱声。

养鸡

少年时在新瓦房居住，每天清早起床后，我习惯径直走向厅屋一角的砖砌鸡窝，移开洞口的挡板。关了一夜的公鸡、母鸡、线鸡便络绎钻出来，嘀嘀咕咕叫唤着，有的还扑扇几下翅膀，仿佛学校田径场上的个人热身运动，自由而散漫，一齐往大门涌去，跳过门槛，在屋檐下散开。小溪边、禾场上、塘岸、田埂、树下、草坪，到处都有大鸡、小鸡的身影了，我们家的和别人家的，更有峨冠的红毛公鸡和芦花公鸡，仰起粗脖子，对着远山如盘的红日喔喔啼鸣。晨烟已在家家的屋顶连成一片，薄薄的，蓝蓝的，丝丝缕缕，流岚一般。

在故乡，昔日差不多家家户户都养鸡，数量或多或少。家里有了鸡，掉在地上的饭粒谷物就不会浪费，筛米时混杂着砂石的糠头和碎米撒在地上，几只鸡顿时围拢过来，低头翘尾，迅速地啄食，一会儿工夫就能收拾干净。这些零碎的粮食，长成了鸡身上的肉，变成了一枚枚蛋，赶圩卖了，是农家细水长流的收入，能贴补家用。不卖的，平常日子煎个蛋，遇着来了客人，或家有喜事，或过节过年之时，杀只鸡，便是佳肴。至于公鸡，每日打鸣报晓，家中还添了热闹，更有了阳气。

鸡是温顺之物，整日在家门口进进出出，不会离得太远。小时候，我们也爱捉弄鸡，当一只公鸡或母鸡从身旁经过时，猛然一把逮住，将它的头曲在翅膀下，抱着它环绕地上吐的一团口水左转几圈，右转几圈，而后放下，鸡便一动不动，晕了过去。要过一会儿，它才伸出头来，站起身，惊恐万状地跑了，一面大声叫着，仿佛很气愤，惹得众人哈哈大笑。不过，也有的大公鸡性情火爆，不怕生人，还敢追着啄腿。偶尔两只火爆公鸡迎面相遇，颈毛竖张，几番怒目进退，就打斗起来。这样的时刻，我们常鼓掌吆喝，那鸡更打得腾跳毛飞，难解难分。

鸡在屋外勤于觅食，眼到爪到嘴到，无论青草丛中，还是乱土堆上，它们总能刨出食物来，草籽、谷粒、小虫乃至蚯蚓，无不喜爱。

它们也常生些事端，往往走着觅着，就进了村旁的菜园，将菜叶乱啄一顿。而在稻子转黄的时候，它们滴溜溜的小眼珠老爱往田边睃，趁人不备，就去啄食稻粒，将田埂旁的稻穗啄得稀稀拉拉。若是园主和田主见了，定然免不了怒吼驱赶，投石块，挥竹竿，追得它们咯咯大叫，四散而逃。只是它们的小小脑袋容易健忘，惊魂稍定之后，又贼头贼脑地回转来了。

一年中，真正让鸡们感到食物充足、身心愉快，是在晚稻收割之后的秋冬时光。这时节，天气晴好，空阔的稻田闲了下来，且又遗落了很多谷粒，是它们无忧无虑啄食的美好场所，到傍晚鸡进窝时，摸摸它们的嗉囊，都是鼓鼓的一包谷粒。此时的故乡人家，也多是孵秋鸡。干枯的田野里，便常能看到一群群毛茸茸的小鸡，在肥大母鸡的带领下，亦步亦趋，啄食、嬉戏，在禾蔸与田草间隐隐现现，叫声细碎。童年里，我曾多年在这样的日子成了放鸡郎，早晨提着鸡笼去放鸡，傍晚再收了它们回家。鸡崽渐渐长大，羽翼日丰，能跳能飞，已然公母分明，体重日益沉了，需要用两只鸡笼分开来装，由是成了我早晚肩膀上沉沉的一担。与鸡朝夕相处久了，它们对于我这个小主人也十分熟悉，每当我在暮色里放下一担空鸡笼，咯咯咯咯唤几声，从瓜勺里抓一把秕谷撒下，它们便拼命赶了过来。它们啄食秕谷后，陆续跳进鸡窝，有的甚至飞跳到我的肩膀上，任由我抚摸捉住。

当新公鸡开始学打鸣，差不多两斤重了，毛色光亮，体格健壮。对于农家来说，除了养几只配种的，不会留下太多的公鸡。这样，随

养鸡

着某天村中那位老兽医的到来，我们家大多数的新鸡公被依次抓出来，踩踏在地，身侧被强行割开一道口子，两粒白色的睾丸先后被掏出、切掉。这样看着时，我小小的心灵常为它们感到疼痛。活下来的阉公鸡，再也不会打鸣了，原本亮红色的鸡冠萎缩变乌，它们从此专注于觅食长肉，并有了新的名称——线鸡。

从童年到少年，我已不记得亲手喂养过多少只鸡，它们像时光里的过客，一茬茬出现在我的生命里，又一茬茬地远去了。它们或被卖掉，或被宰杀，也有的夭折于幼小之时，也有的死于一场突然而至的瘟疫。记得母亲每次杀鸡时，总会化纸焚香，喃喃自语，说鸡终归要挨一刀的，希望它来世不再成为禽畜。真愿这些有恩于我们的生灵，都有一个美好的来生。

养鸭

我一向惊异于鸭子的那张嘴。

比方说在水田里，当几只灰麻的土鸭觅食时，它们的长扁嘴插入泥水中，只见嘴角不停地溅水，你根本看不清哪怕一瞬间的工夫它的嘴巴究竟张合吞咽了多少次，哗哗哗，实在是太快了！它都吃到了些什么好东西？那么津津有味，一刻也停不住嘴。它那鼻孔不怕泥水呛着吗？嘴巴咋就那么硬？童少年时代，我常对那些熟悉的鸭子生了疑问。

在故乡，曾经养鸭的人家可不少。鸭有两种，土鸭、洋鸭，加上鹅，就是乡村家养的三种水禽。只是洋鸭远没有土鸭和鹅那么热衷游水，它们像鸡一样，老爱在家门口转悠，空坪上，巷子里，这里蹲蹲，那里走走，偶尔在污水凼里游一游，闲汉一般。洋鸭身躯庞大又矮，毛色有黑白两种，黑洋鸭居多，它们主要靠喂食，又爱偷吃木桶里的猪潲，吃得多，拉得多，这儿一摊，那儿一摊，稀稀稠稠的，邋里邋遢，照现在时兴的说法，属于油腻大叔型，十天半月不洗澡的那种。与洋鸭一比，大白鹅则显得高贵多了，其形态之优雅，游水之从容，品貌之光洁，真像画里、诗里走出来的一般，人见人爱。

形象朴素得如同乡民，还是土鸭，麻色的羽毛宛若乡民背缚的蓑衣，不怕雨淋，不怕水浸。它们粗喉咙、大嗓门，嘎嘎的叫声无拘无束，十分响亮。它们善于游水，勤于觅食，水田里、江溪上，时常能见到它们忙碌的身影。

比起养鸡来，养鸭要让人操心得多。鸭子喜欢游荡于稻田，可是一年中的许多日子，稻田要种稻，尤其是当禾苗孕穗之后，乡民是格外珍惜的。这就形成了矛盾，有时会引发激烈的冲突。年少时，我经常看到，当有人发现别人家的鸭子下到自家稻田，便赶紧拿了竹竿，远远地奔去，一边怒骂，一边下了田，驱着鸭子猛打，有的鸭子就径直被打死在田里。当养鸭的人家知悉后，除了骂骂咧咧伤心痛惜一回，捡了死去的鸭子，却也别无他法，谁让鸭子生事呢？谁让自己不把它们关在家里养着呢？

因此，村中那几户长年养棚鸭的人，每天一大早就会有专人用长竹竿驱着几十上百只鸭子，浩浩荡荡，从村巷里出来，穿过稻田间的小路，来到江边，鸭子扑通扑通都下到江水里去。江流是公共的，水面平阔，水也深，又多鱼虾，是鸭子觅食游水的佳处。放鸭人腰间扎一个鱼篓，扛着两三丈长的竹竿在多树的江岸边走走歇歇。有时，一些鸭子也会在水滨的滩头或草地上生下鸭蛋，放鸭人自然要把鸭蛋捡起来，放进竹篓里。放鸭人整个白天都与自家的群鸭相伴相行，随时防备它们上岸生事。傍晚，才驱赶着鸭群回村，浩荡的一列纵队，嘎嘎嘎，声音嘈杂又嘹亮，气势磅礴。在鸭群走过的身后，青石板上满是无数湿漉漉的脚印，以及一团团新鲜的鸭粪。

一年中，故乡有三个农历传统节日是与鸭子相关的。四月八吃鸭蛋，村中每个小孩子的衣扣眼或者脖子上，都会挂着红绳兜，兜里装两枚红鸭蛋，是乡间孩子快乐的一天。端午节吃仔鸭，此时春天孵的新鸭初长成，鸭肉炒仔姜，或炒新摘的青辣椒，是这个节日的佳肴。八月十五吃老鸭，老鸭炒老姜、炒红辣椒，又别具一番风味。

我在乡间度过的那些年，家中也曾养过鸭，养过鹅，它们那清脆的叫声，那浮游亮翅的美丽姿影，那专注觅食的可爱神情，至今依然在我的记忆里。

养鱼

童年里，故乡的池塘可真多！

我们村庄横亘在山麓，坐西朝东，一字排开。始于江流上游冷水坝的那条长水圳，自南而来，紧挨着村庄蜿蜒流过。沿着这条水圳，就有不少池塘，大大小小，碧波荡漾。

村前最大的池塘，自然是那口月塘，青石砌就，月弓朝外，弦岸中央有石阶而下，常有乡人在此喂鱼草、洗衣服。弦岸边长了很多大树，尤以高柳居多，柳荫下便是与水圳并行的青石板路，村里人常爱在此聚集闲谈。外来的行脚商，也爱在此驻足，补鞋、补锅、打爆米花。春夏之交，每年都会有外村卖鱼苗的中年人，挑一担鱼盆，来这里的柳荫下卖鱼苗。黑压压的鱼苗在鱼盆里转圈游动，吸引着众多大人孩子围观。月塘是村子的风水塘，为全村共有，一年到头都蓄满深水，养了大鱼。

月塘的弓岸中央，往外走下去数级石阶，就是水井。这股井泉，据说也是来自冷水坝的大涌泉。水井共有三口井眼，竖向排列，井与井之间有小石槽连通，槽里长满碧青的苔丝，在活水里飘摇，摸起来十分柔软。头井是用来挑水喝的，井边有一棵大柏树，高耸苍翠，掩映着井面。井水清澈见底，晴好的日子，蹲在井沿俯视，能见到不少黑色的鲫鱼在悬停或游动，倏忽而逝。这里景致颇好，水井四周，都是大小池塘。

村里的四个生产队，也各有一口大塘，这些大塘或与月塘相邻，或隔着不远，塘岸内侧全部是石灰三合土筑的，深而光滑。我们生产队的大塘在我童年居住的老厅屋附近，岸边多生有辣蓼草，开花如红白相间的碎米粒，俗称酒药草。塘岸还栽有好几棵枣树，小时候，我常到这里爬树摘枣子。记得一天夜里，我学了凿壁偷光的成语后，拿一本书，独自对着波光粼粼的池塘，站在皎月下的枣树边默默地看了许久，小小的心灵升腾起一种莫可名状的情感。

除了这些大池塘，每个生产队还有三四口小池塘。按照村里养鱼的习惯，小池塘通常用来放养新买的草鳙鲢鲤四大家鱼的鱼苗和各种杂鱼。小池塘多数水浅，那时候，各生产队的养鱼人，在春夏间常会从江流和水圳的源头处，捞来如绦的丝草，像莳田一样，插在池塘里。丝草在池水里长得茂盛，既为鱼儿提供食料，又当它们遮阴休憩的乐园。新鱼苗放养一年后，村人干塘时，会将它们捉上来，养进深水大池塘。

春夏间的大池塘，真是看着令人开心。晴好的早晨，一群群大鱼在塘面浮游，黑压压的大脑袋，张着无数大嘴巴，一张一合，发出细碎的唼喋声。有人走过，或者扔一块石子，鱼们顿时“哗”的一声巨响，激起一片水花，瞬间就潜入水下。隔一会儿，又从前面某处齐刷刷地浮了上来。每到了吃早饭的时候，都会有养鱼人挑着新割的鱼草来喂鱼，我们叫洗鱼草。青青的鱼草，随波荡漾，在水面上连成一大片，不时有大草鱼在草间游弋，拖上一根长草，尾巴一旋，沉入水中，水面留下一圈一圈的涟漪。池面上整日都会有大白鹅和麻鸭浮游，小船一样，拖着楔形的波纹，它们亮翅追逐时的嘎嘎叫声，更增添了池塘的活力。

村里还有几口池塘颇为特别。一口是藕塘，水面不大，泥肥而深，原是栽种了很多莲藕的。夏秋间，整个藕塘被阔叶覆盖，高挑密集。红色和白色的莲花亭亭玉立，美好异常。这藕塘和旁边的水田里曾经多斗鱼，拇指大小，身披彩鳞，十分漂亮。这种小鱼我们通常不捉来吃，多是用小瓶、小碗养着玩儿。另有一口小池塘，叫焦皮塘，略呈圆形，在村北一众茅厕边，水肥泥肥，多出奇大的田螺和蚌壳，有如黑色的拳头和大巴掌，干塘时捡来，吐了泥沙，清洗干净，能做出不错的美味。与我们村庄一江之隔，在对门岭山脚下，有一栋抽水机房，旁边也有一口池塘，三角形，连通一条水圳，用来抽水灌溉高处的稻田。这池塘多大鱼，靠山脚的陡岸长满了小竹丛和几棵大桃树，结的桃子大，又红又白，叫糯米桃，常令我们垂涎。可惜水深，谁也不敢贸然去摘。

我们村后两山相夹的山窝里，有一口山塘，筑高堤大坝积泉而成，差不多是小型水库了。这里林木幽深，清波淼淼，不仅养着鱼，更重要的是还起着灌溉村北一大片农田的作用。

一年中，在早稻种秧、霜降摘油茶、过年这三个重要的时间节点，各生产队必定干塘分鱼，这是农耕故乡曾经持续多年的美好记忆。

分田到户之后，除了村前的月塘和村后的山塘，其他所有池塘都分到了各家各户。那些原来的深水大池塘，更是分成了诸多带状小块，各家筑了小泥埂分隔开来，做了秧塘。有的人家，也还蓄水养点鱼，但村庄已然少有原先那样水面宽阔的池塘了。

我一直盼望自家能有一口池塘，放养鱼儿。这个愿望在我们家建新瓦房时实现了。那时，我们家的秧塘恰好分在村南水圳边，又邻近我们家新瓦房的宅基地，打土砖的时候，我们把秧塘挖成了一口深池，索性蓄水做了小池塘。以后，我每从田野、江流或水圳里捉了鱼、虾、泥鳅、田螺、蚌，都丢入池塘养着。日积月累，数量竟也可观。搬入新居之后，我们在这口小池塘邻水圳的岸边先后栽了白杨和橘子树，池塘边搭了瓜架，种了冬瓜、瓠瓜，池塘里还莳了两丛高笋。池塘就在我们家门口，那些游鱼、高笋、瓜果、树木，见证了我的成长和快乐。

养蜂

故乡多野蜂。牛屎蜂、鬼头蜂、吊脚蜂、菜花蜂、泥蜂、汗蜂、糖蜂……不一而足。

牛屎蜂个头大如拇指，黑色中带着黄麻点，它们筑窝于山岭的地下，所占地盘大如牛屎，土质疏松隆起，表面密布的手指大圆孔，是它们的进出口，人畜若不小心踩踏，被群蜂攻击，可以毙命。鬼头蜂也是个狠角，头奇大而凶恶，结窝于树上，黑大如盘。吊脚蜂身材纤细，腰环黄纹，脚尤长，飞行时吊着几只细腿，窝悬于树枝或荆棘间，像一只灰黑的小馒头。我们小时候爱摘它的蜂窝，取食雪白的蜂蛹，也常被它蜇得手脸红肿，疼痛难忍。菜花蜂爱在菜花里出没，泥蜂则单个筑指头状的小窝于田埂或泥水里，有翅却不会飞。汗蜂小巧若蝇，我们在山间捡柴割叶，常有小汗蜂落在身上吸汗，驱之即飞。糖蜂即蜜蜂，数量最多，也最常见。

每年春天开花时节，乡野的蜜蜂无数。园土里、田野里，黄色的菜花、白色的萝卜花、紫红色的草籽花，连绵成片，周边的山林间，繁花树树，一齐将古朴的村庄装扮得分外美丽。辛勤的蜜蜂在百花间飞行起落，采吸花蜜，嗡嗡的蜂鸣是大自然的动听乐章。

这样的日子里，不时就能看到成群的蜜蜂突然飞临村庄，它们显然是一个大家族，密密麻麻，不计其数。有时，它们飞着、绕着，又远去了；有时，便落在高树枝条。年少时我曾目睹，在村前的一棵大苦楝树上，那不知从何处而来的蜜蜂群，就聚集在树干和一根粗枝的连接处，蜂越聚越多，像一个不息涌动的椭圆黑球，黏附在树干树枝间悬着。不少人来这里观看，有人说，那是一只蜂王带来的，蜂王落在哪里，那无数飞舞的蜜蜂就跟着降落，重重叠叠，保护着蜂王。过了许久，这蜂群又渐渐松动开来，随着蜂王的飞离，黑压压的群蜂又跟着飞舞，穿过树间，越过池塘，消失在繁花锦绣的田野上空。偶尔，也有野生的蜜蜂群落在了村庄人家的楼上某处，不再迁徙。我们在村中的石板巷子里走过时，看到那些晒楼窗口但凡有很多蜜蜂进进出出的，准知道，这户人家一定养野蜜蜂了。

在乡人的传统观念里，蜜蜂是吉祥物，它们来到某户人家安身，会给这家带来蜜糖，带来好运。但是，这些野蜜蜂又迟早会离开，而随着蜂群的离去，好运也会带走。因此，对于蜜蜂，村里人的感情是复杂的，既乐于接受，又担心家中日后的不测。

不过，也有人并不拘泥于这种老观念，比如住在村北石拱桥边的老兽医仁生。他是单家独院住着，村里人习惯将他家住的地方叫作仁生庄上。这里依山傍水，绿树成荫，景致十分秀丽，原是一所小古寺，那寺里最后的老和尚天惠，我儿时还曾见过。仁生一家从我们村子移住到这里，养花、莳药，鸡鸣犬吠，十分悠闲。他是周边村庄的兽医，阉猪、阉鸡，都是他的职责。他养野蜜蜂要比村里其他人家内行，常制作一些小蜂箱，放在宅后山岭的石崖石壁之下能避风雨的地方，并将一些沾有蜂蜜的巢片，放入新做的蜂箱，以吸引更多的野蜂群。

许多年来，故乡有众多人家养过野蜜蜂，蜂自来去，随缘聚散，并不刻意强求。其实所谓养蜂，也不过是给了野蜂群一个暂时落脚之所，花是蜂采，蜜为蜂酿。而作为寄居的报答，蜜蜂也将自己辛勤酿造的香甜蜂蜜，分给了乡村人家，给予人间美好的滋味和享受。

养蜂

第 五 辑

手 艺

做木工

分田到户之前，作为传统农耕的湘南一村，故乡的农人基本上是受制于土地，从春种到秋收，从事着辛苦的劳作，收入微薄。从村中走出去，当上工人、老师，吃上国家粮的人，那是凤毛麟角，少之又少。一年中，乡村也有很长的时间是农闲，对于勤劳惯了的乡人来说，总要设法赚点钱才好，可在偏僻山村，门路有限，有力气的便去更偏远的深山老林背杉树挣几个苦力钱，有手艺的则在周边乡村挣些活络钱。正如乡谚所云：“坐正月，耍二月，赚钱九冬十二月。”

在故乡，无论民居的建筑构件，还是家用器物，以木为材者，当是最多的。木门、木窗、木柱、楼梯、木梁、檩条，柜子、板箱、碗橇、水桶、脚盆、长凳……凡此种种。亦因此，在门类众多的乡村工匠中，木匠的活计最宽泛。

童年里，我家住在一栋带天井的大厅屋的一角，同住这青砖黑瓦的老宅院还有四户。那时，我很惊奇于天井边厢房那些木格窗，雕刻着许许多多人物、山水、亭台、花鸟、树枝、云纹的图案，古色古香，有的还残留着斑驳的金粉，看起来无不生动，就像真的一样。而在屋外的青石板巷子里，我们抬头就能看见檐口下那曲板上彩绘的鱼龙，披一身鳞片，眼神凶狠，龇牙咧嘴，长须弯曲，脚踏祥云，又像鱼，又像龙，看久了令人害怕。这些百年老宅上的木件实在太精美了，也让我从小就对木匠充满了敬意。

村中人家邀请木匠来做木工活，虽说并无明确的日期限制，四季皆有，但总体而言，在漫长的冬季尤多。这时候，农家有了空闲，本身亦是农民身份的木匠也有了空闲。木工活的多寡，因家庭而异。多数人家，不过是整修一下一年来使用得破旧了的木器，比如水桶、潲桶、淤桶、碗盆、罩盆诸物；也有的人家添置一两件新的木器，比如几条长凳、一张桌子。活计最多的，自然是那些有女儿将要出嫁的人家。按照乡俗，男方来了礼金，女方再贴补若干，买了新木料，请了木匠制作高衣柜、板箱、挑箱、木盆、提桶等新婚小家庭所需的全套木器，日后再请来漆匠油漆得红红亮亮，就是喜庆吉祥的崭新嫁妆。如此，木匠在每户农家所做的工日长短也不尽相同，短的两三天，长的十天半月，一日三餐，享受茶酒的招待，堪比嘉宾。

做木工活，自然是在厅屋里。典型的湘南民居，通常是多进深，三开间，中央为宽敞的厅堂，俗称厅屋。小时候我家住的那个大厅屋，冬天就常有村里的木匠来做木器，有时是别人家做，有时是我们家做。木匠的工具很多，最大的是一对木马和一块长而厚的方木板，它们共同组成结实的木工凳，是木匠的工作平台，在厅屋正中一摆，就占了很大的地方。木工箱里，各种圆的、扁的、窄的、宽的凿子，应有尽有，刃口光亮锋利；墨斗、规尺、刨子、锤子、锯子、斧头、车钻、磨刀石……无不齐全。做木工的那几天，厅屋里堆放着木料和器械，显得很拥挤，又常有邻里的大人孩子来围观，或闲聊，或称赞，或谈笑，加上不时的刨木声、凿孔声、拉锯声、斧砍声、敲击声……愈发热闹。木匠做起活来，从容而井井有条，白亮的刨木花，松散的锯木灰，落满一地，散发着清新的木质香味。在木匠的锯斧刨凿之下，一筒筒新原木成了枋，成了板，卯榫有致，最终变戏法般地组合成种种日常的桶盆柜箱，我常看得目瞪口呆，觉得十分有趣。

木匠做活，若活计多，通常会带着徒弟打下手。那时，村里手艺好的木匠师傅有两个人，一个是我家隔壁的孝健，主攻家具；另一个是孝端，主攻棺材和大件农具。他们都带了本村的几个徒弟。我是多年之后才确切了解到，孝健的手艺师从我伯父仕成，我家那个做工最

做木工

精细漂亮的高脚红花碗櫈，原是我大伯的作品，村前山坳间保持最完好的攀家坳凉亭，也是我大伯主持修建的。只是我很小的时候，大伯就去世了。据村里老人说，我大伯曾是周边乡村有名的木匠。为此，有许多年，我曾不无遗憾地想，为什么我的父亲，还有我大伯的两个儿子井录和三节，就没有传承大伯的这门好手艺呢？

其实，学艺除了要下苦功，也需要兴趣和天分。就像孝健和孝端，他们也曾带着各自的儿子做木工，传授不可谓不用心，要求也不可谓不严格。可多年过去，两人的儿子依然都是个半桶水，只能做打下手的活，完全脱不了师。我那木匠舅舅方成也是如此，他一直想把手艺传给我的表弟建平，同样半途而废。看来，匠人之家，也是很难再出匠人的。如此想来，我也就释然于我的父亲和我的堂兄不是木匠了。

况且，自分田到户以来，随着工业制品在乡村的日趋普及，昔日许多盆盆桶桶的木器已被塑料品取代。而以沙发为代表的新式家具，因工厂化生产，规模大，样式新颖，价格也多样化，逐渐走进了寻常乡村人家，更让乡村木匠的处境每况愈下。作为木匠师傅，孝健很快失去了村里人家的邀请，他的门徒也另谋了生计。孝端比孝健略好一点，偶尔被人邀去做个棺木。我的舅舅有一段时间被人雇着，在离家不远的圩场上搭建的简易大棚里做批量的木门窗，那是乡人建房一度所需购买的。可是这样的好景也不长，待铝合金门窗盛行于乡村装修时尚的新建房屋时，他也瘸着腿，一拐一拐回家去了，挑着他那套过时了的木工箱。

做油漆

苏昌喇叭性情古怪，却是我所知的故乡最好的土漆匠。

小时候，村前的大月塘边，就是宽阔的朝门口，铺满了青石板。朝门是旧时湘南村庄关乎一村风水的重要地方，它的朝向代表了村庄的朝向，看得远，看得开阔，是它的基本原则。倘若视野尽头的远山刚好呈笔架形，那就更好了，据说能多出人才呢。朝门口有石墩石条，有高柳苦楝，有溪圳流过，是村里人平日闲聚的最佳场所，讲古的、谈天的、下棋的、跳鸡毛毽子的，每天都热闹。漆匠苏昌喇叭的家，就紧挨着朝门口，是一栋青砖黑瓦的小房子。

苏昌的名字后面为何还多了“喇叭”两个字，我不得而知。莫非他爱吹喇叭？我似乎没有听见他吹过，甚至也没见他拿过喇叭。难不成他爱呱唧，像一只停不下来的喇叭？那更没道理。他那时已是一个老鳏夫，脸上一个大疤，平日板着面孔，对人总是爱理不理的，从不掺和到朝门口的闲人堆里去。对看不惯的人，他爱吐口水，若是迎面碰上，擦肩而过时，他头一偏，“呸，呸，呸”，朝地上连吐两三坨干口水，以表蔑视。当然，这都无妨他手上的油漆手艺。他是村里人唯一信得过的老漆匠，大家说不定什么时候就会有求于他，因此当面对他还算尊敬。只是在人们的口碑上，他这人架子大，不好打交道。也不知从什么时候开始，村里人送了他一个“喇叭”的外号，背后都是叫他苏昌喇叭。

旧时村里人家的木器，多上了土漆。碗橇、宽板长凳、八仙桌、灶桌、书柜、挑箱、抬盒，这类大件木器自不必说，就连水桶、提桶、脚盆、碗盆、灰斗、洗衣杵、果盒、圆盘等小物件，也多漆过。这些乡村漆器的色彩，以枣红色居多，看着吉祥喜庆。即便年代久远，老旧不堪，表面已现出斑驳的黑色，但擦拭一番，依然能看到那深红的光洁。也有漆成黑色的，主要是棺材，庄严凝重，让人一时见了，心里不免害怕。

在我依稀的儿时记忆里，苏昌喇叭家的漆器尤为红亮，虽然我不曾进过他的家门。那时，我常跑到朝门口去玩耍，从他家门口经过时，偶尔会看到他家门前的空地上放着一些新漆过的小物件，而他的家门又常敞开着，无遮无挡的光线便很好地将他家那个红漆碗橰照得更加亮堂。不过，有的时候，一股混杂着桐油的土漆气味，也会从他家散发出来，刺鼻熏人。

土漆有生熟之分。生漆是漆树的天然汁液，胶状，它需与桐油一同熬制，才能调配成熟漆，方可漆木器。熬熟漆全是一件经验活，勾兑的比例，火候的大小，时间的长短，须掌握得恰到好处。而桐油气味浓烈，生漆又容易使人的皮肤过敏，因此，当苏昌喇叭在他屋旁的小巷口熬漆时，村里人会远远避开，生怕触了那漆气而染上漆疮，身上瘙痒，红肿溃烂。熬制好的熟漆，添上颜料，或红，或黑，搅匀了，便成了黏稠的土油漆。苏昌喇叭每次应邀去别人家漆木器时，就提着调好的油漆去。

自制黑颜料，苏昌喇叭也有一绝。他通常用一只碗装了桐油，点燃灯草，上面覆盖一片干净的黑瓦。油桐的烟气长久地熏着瓦穹，慢慢结出一坨状如小蜂窝的烟尘粉，油亮乌黑，刮下来存着，用时调配，是顶好的黑漆。

漆木器时，先要打底子。那时打底，苏昌喇叭用的是桐油拌石膏粉，底子干了后，十分坚硬。之后，他一遍遍打磨，一遍遍上漆，细工慢活，漆成一件件光洁鲜亮的漆器。这些散发着桐油气味的新漆器，晾上一段时间后，就为村里人所使用，融入村庄的日常生活里。

大约在分田到户的前几年，苏昌喇叭过世了。村里的漆匠竟然一时多了起来，木匠孝端，善于扎纸花的余喜，他们两人还略会调土漆，不知是否师从过苏昌喇叭，或者剽学了一鳞半爪。分田到户后的几年间，村庄周边山岭原本众多的油桐树也被各家砍伐殆尽，桐油从村里消失了，以传统土漆技艺漆木器就更无从谈起。至于后来的田喜、庆华，则全是使用市面上购买的成品化工漆了，手工又毛糙，漆出来的东西没过几天就爆漆，为村里人所诟病，没几年也就偃旗息鼓了。

我在二十世纪九十年代初期结婚后，曾添置过一套组合柜、一张梳妆台、一张书桌，是从邻村下羊乌的一个木匠贱成那里定制的。他那时专门做家具来卖，样式跟着潮流，并包漆油漆，为降低成本，家具质量可想而知。这些漆成浅蓝色的家具，我从乡下运到了县城，在辗转搬了几次住房后，如今只剩那套组合柜，不过它也早在十多年前就已漆面黯淡，木板开裂，让人看着难受，又觉弃之可惜，后来我请了装修师傅，用胶水和充气钉枪鼓捣一番，重新贴了一层木纹色的刨花面板，放在阳台上装杂物。

凿石

石墩、石条、石板，石臼、石磨、石槽，石井、石桥、石亭……这些用青石凿成的物件，在我童年青砖黑瓦的村庄里，随处可见。

严格说来，我的故乡没有好石山，自然也就没有好石匠。令我惊讶的是，那时的村庄，那时乡村人家的日常生活，与青石的关系竟然如此密不可分。每栋古老的民居，大门口都有一对青石墩和一条石门槛，四周屋脚砌了半人高的条石，且多刻有花纹，有的巷门（方言，连通石板巷子的侧门）也是石门槛，门框两侧立了石条。厅屋的天井，屋与屋之间的巷子，全铺了青石板，台阶一律由石条砌筑而成。巷子里四通八达的雨水沟，村前依着屋墙而过的水圳，每天挑水的老井，通往村外的小路，放眼都是青石的。江流上的数道石坝、一座石平桥、一座石拱桥，山路上一座座由石墩石条构筑的凉亭，山岭间无数的墓碑，无不是青石做的。便是碓屋里埋在地下用来捣米粉的深石臼，中秋节捣糍粑的圆石臼，平日推米浆做豆腐的石磨盘，乃至盛猪潲的石槽，仍是青石做的。真不明白，数百年来，这么多的青石，是如何来到故乡这方土地上的？又是经过了哪些能工巧匠的双手打凿而成？

不过，与故乡仅一山之隔的西冲村，却是另一番景象。西冲村位于故乡江流的下游，从我们村北依着山麓的小道而行，转过山嘴临江悬崖上的凉亭，就能看见大片嶙峋的石山，前方略远的江流平缓地带，便是紧临江岸的西冲村，同样是青砖黑瓦石板路，古柏森森，阡陌交错，石桥横江。俗话说，靠山吃山，西冲村出石匠，也就顺理成章了。西冲村是我亲外婆的娘家，只是我母亲两岁时便失母，虽然我亲外婆的娘家已无后人，但小时候我跟随母亲走亲戚，从西冲村路过时，邀我母亲进屋歇脚的人却很多，我也在母亲的指点下，叫一些慈祥的老人为六外婆或七外公，可见母亲家是个大家族。

西冲村有名的石匠是代干，我自小就耳闻其名，也见过其人，是个敦实的中年汉子。在务农之余，代干带着侄儿昌旺和儿子井献，专事于开凿石器。我家在分田到户那年建新瓦房时，大门口那对石墩和门槛，就是约了代干父子凿成的，并在建房之前，择了吉日，请了人力，从西冲村石山抬到我家房基上安放。

那时的乡村，建新瓦房正值热潮，作为一种传统的湘南建筑样式，大门口的石墩和石条门槛是必备的，故周边村庄常有人家慕名到西冲村来定制。除此之外，定做石磨的，定做糍粑臼的，也不乏其人。而清明节之前的一段时间，定做坟圈和墓碑的人更多。因此，有好些年，石匠代干父子的生意很红火，一年到头，除了莳田割禾那段农忙期，他们总是在山间叮叮当当采石、凿石。有时，一些外村人家离西冲村较远，而石器沉重运输不便，他们也会去外村寻找合适的山石，搭了简易棚子，临时就近开凿，早晨从西冲走路去，并带上中午饭，在山上劳作一天，傍晚方才回家，无论寒暑。

我儿时一直对捣糍粑的石臼感到好奇，这么圆而光滑的石洞，究竟是怎么做出来的呢？我中专毕业数年后，有一次去西冲村找井献给我祖父母定制墓碑时，就忍不住向他问个究竟。井献比我大十岁，长相酷似他父亲，一脸憨厚地笑着说，石臼的那个圆洞就是一锤一凿凿成的，只是凿子有大有小，有方有尖，多种式样。干石匠这活计，除了锤子、凿子、风箱、撬棍，其实也没太多别的工具。不过凿子时常损坏，得经常生了炉火，鼓风煅烧，锤炼一番，复又可用。

“打石头要不要放炮呢?”我那时追问道。

“不能放炮的，一震动，周边的石头就坏了，不能用了。”井献说。青石多分层，有的层厚，有的层薄，他们挑选石头时，都是量材而采。做大门墩和石臼，要采厚层石，凭经验打钢尖，截取合适的大小，而后用撬棍取出，全凭人力，工艺也复杂。有的青石间杂着白色的经络，凿制过程中易开裂，对于这种尤其要避免使用。

那年清明节，在父亲的指导下，我与堂兄终于给逝去几十年的祖父母立了青石墓碑。其时，井献买了手扶拖拉机，负责给定制石器的人运送。那以后，我一直没再见过井献。便是后来我的母亲和父亲先后去世，原也想请他打制墓碑，却被村里人告知，他已经不干这一行了。这样一晃，便是二十多年。

前些日子，我辗转托人找到了井献的手机号码，交谈中得知，他目前在广东中山市女儿家带外孙，早在十多年前就离开西冲村，没再干石匠活了。“现在农村建房都不要大门墩了，碓屋都倒了，磨米粉、磨米浆有机子，还要石臼、石磨干什么呢？打坟圈，凿墓碑，凿字，也都是电动机子了，手工还有什么用呢？谁还愿意学这个不赚钱的辛苦手艺呢？”电话里，他的声音和语气还是以前那般浑厚，只是多了一种饱经风霜后的平静与无奈。

打铁

上中学的那几年，每次周末往返于学校与故乡之间，我总要经过臼林，也叫对河冲，是一个黄姓小村，祖上是从我们村子开派而来。油茶林边的黄土公路就紧贴臼林村后，路坎下那一丛南竹掩映的瓦房里，偶尔会传出叮叮当当的打铁声。过路的人都知道，那是庠光在打铁。

其实，在之前很长的岁月里，乡村打铁也曾很红火，庠光并不在他自己村里打铁，更多的是在我们八公分村和上羊乌村。那时候，通村简易公路已修通，沿公路自北向南，臼林、朽木溪、八公分、油市塘、下羊乌、上羊乌、土方头，这七个自然村同属羊乌大队，分田到户后的好几年又同属羊乌行政村。这之中最大的村子，便是我们村和上羊乌村，是庠光打铁的大本营。

我在本村小学开蒙读书时，学校在村北古宗祠旁边，是一栋两层的小砖瓦房，只开设一年级和二年级两个班。下课后，我常与伙伴们走进一巷之隔的古宗祠里，看庠光打铁。庠光的一个小弟弟庠伍，还是我同学。那时，庠光在青砖黑瓦的宗祠中厅一侧砌了土砖大方灶，灶旁连着一个大风箱，两个牛角铁墩，一大一小，立在粗大的木桩上，木桩下端埋于地面，岿然不动。此外，还有淬火的水盆、长火钳、大锤、小锤、炭箩、铁器……一同组成他打铁的阵仗。地面上则散落着打铁时喷溅火星而形成的青黑铁屑，斩断的边角废铁，刀刃上削下的卷曲钢铁皮子。

庠光兄弟多，少时家贫，便跟随来本乡打铁的衡州铁匠当学徒，后又进入公社铁木社打铁，打制的各种农具由供销社统一出售。二十来岁，他从铁木社分炉出来，自成一家，开始在我们大队扎根，专事打铁。多年来，在周边的村庄，各家的菜刀、镰刀、柴刀、斧头、镢头、板锄、齿锄、火钳，乃至大件的犁耙，许多都是出自他手，或由他打造，或交他修理。他打铁有两种收费方式，打点工或打包工。他常驻我们村打铁时，我们村里的人家请他打铁，通常是打点工，也叫打日子工，铁器多的打两三日，少的打一日半日，按日计算工钱，并负责他的一日三餐。炭块，打大锤的人力，也是打铁的本家出。本家若要从庠光那里买一些铁或钢，则称重另算钱。对于来这里打铁的外村人家，庠光多是打包工，按打造或修理的农具计件收费，那本家也无须管饭和其他杂务。庠光作为脱离农业生产的工匠，则按月上交大队一定的费用，以此换得他在所属生产队的工分，分得口粮。余下的，都是他的额外收入。

庄户人家的铁农具，挖土作田，砍柴割禾，日日都要使用，今天不是这家的坏了，明儿就是那家需要重新添置，因此庠光一年四季都打铁。盛夏打铁，当是最辛苦的。他站在火炉边，打着赤膊，胸前挂一块黑不溜秋的皮围裙，一面拉风箱，一面用长火钳夹一个铁块，塞入上面覆盖着一块大瓦片的炉火里烧，炉火纯青，烧得铁块通红，烧得瓦片通红，也烤得他汗流浃背。当庠光夹了烧红的铁器，放在牛角铁墩上打时，他打小锤，另一个事主打大锤，你一锤，我一锤，打得声音响亮，打得那铁块上绯红的火星四散飞溅。我们常要离得远远的，生怕被烫着。两个人一齐挥舞有力的臂膀，全神贯注地砸着锤点，那铁块渐渐变了形，被打成了器具的模样，颜色也由红而暗。一件农具的打制，需要反复煅烧，反复锤打，反复整形，最终淬火，方才成功。我那时真佩服他们，竟然如此不怕那无数的铁沙火星。

对庠光来说，一年中打铁最频繁的日子，还是在冬闲的那几个月。这时候，村庄人家都有了空闲，打农具、修农具的更多了。庠光大清早从他村里走三里路，来到我们村，傍晚又走路回去，这一幕曾是乡

打铁

人熟悉的情景。

在故乡，有一件铁器看似简单，却是最难打制和修理的，那便是榨油坊里的槌头盔。每年深冬，差不多有两个月时间，榨油坊里每天都打榨新茶油。那时打油用的是传统土法，巨大的木榨是一根需两三个成人才能合抱的原樟木，三四米长，横搁在地面的桩墩上固定，木榨中央掏空成一个外方内圆的长槽，用来塞进茶枯饼和木楔。打油时，四个成年男子带动数丈长的木槌，以槌头撞击主木楔的楔头，挤压出茶油来。木楔和木槌是用坚硬的椆木做成，红光油亮，前端都装了由铁和钢共同打造的头盔，像一顶铮亮厚实的钢帽。槌头盔比楔头盔大，一个槌头盔足有三四十斤重，要在炉火上煅烧、打制，并且达到抗打击的硬度和韧性，这不仅需要铁匠有大力气，还要好经验和好技巧。否则的话，经不了几下撞击，就开裂变形不能使用了。村里打茶油的那些年，每年开榨之前，庠光都要将这些木槌、木楔上的笨重头盔取下来，重新回炉整修一番再安装好。

榨油坊里打茶油的那段日子，几里路外，都能听到那钢铁的槌头盔和楔头盔相撞击的巨大声响，“嗒嗒，嗒嗒……”从容，匀和，又极具穿透力，空气中也弥漫着新茶油的浓郁芳香，沁人心脾。

补锅

鼎罐与锅子，是旧时故乡人家必备的两件家什，前者关乎煮饭，后者关乎煮菜，再穷也不可缺少。鼎罐与锅子又不仅仅限于煮饭煮菜，依大小不同而用途有别，烧水，焖红薯，炒瓜子花生，油炸年货，乃至煮潲，不一而足，无一天不使用。

天天在柴火、炭火上烧，天天叮叮当当炒菜，天天离不开油盐酱醋，这差不多一粒米厚的铁铸的鼎罐和锅子，哪有不磨损锈蚀之理？说不定哪天正用着时，突然发现火上哧哧滴水了，必定是鼎罐底或锅子底起了砂眼漏水了。我母亲那时对于鼎罐底和锅子底的小砂眼，还是有办法对付的，扯一小团土棉花，下端拧尖了，穿过砂眼，从外面乌黑的锅底用力扯，扯紧实，再用时，就不漏水了。不过这样总是多有不便，只能算个权宜之计，且砂眼会锈蚀得越来越大，最终只得弃置一旁，等待补锅师傅的到来。

那时村里经常有补锅师傅来，挑一担浅口高耳的篾箩筐，一筐放着一只风箱，一筐放着一口炉灶，此外筐里还有些废铁、块炭、板凳、火钳、铁水勺子、小铁墩、破手套之类，结结实实的一担。这些隔三岔五来村里的补锅匠，都是操外地口音的衡州人，其中以王师傅一家人为多，他本人、他儿子、他兄弟，都是补锅匠人，经常轮换着来到我们村庄，差不多已经成了村庄的常客，大家都熟悉了。据了解王师傅家事的人说，他早年来到本乡补锅，在距离我们村庄几里路远的文明圩扎下根，做了上门女婿。

我们村前朝门口的高柳荫下，场地宽阔，水圳流过，是补锅匠驻足的地方。只要不下雨，他一准在这里放下担子，摆开阵仗。而后，他手里拿了一把火钳，走进村巷，一面走，一面拖着衡州话长腔喊道："补——锅——啊!"手中的那把火钳，既是他身份的象征，也是防备对他吼叫的大狗、小狗的武器。游喊了一遍村巷回来，补锅匠便开始生火炉，安风箱，将那下端为楔形的简易小铁蹲锤入地面，而后挖来一团湿漉漉的田泥放在火炉一旁。此时，村中获悉补锅师傅来了的妇女或男子，也找出各自家里的烂鼎罐、烂锅子，络绎提到朝门口来，或覆着或仰着，放了一地。他们跟补锅师傅打哈哈，讲价钱，有说有笑。闲来围观的男女老幼，也渐渐多了起来，柳荫下变得空前热闹。

我那时也喜欢看补锅。补锅师傅有一把尖嘴小锤，那些送来的烂鼎罐和烂锅子，他要逐一里里外外将那破烂之处敲一敲，砸一砸。是烂了小砂眼的，他便要砸出一个指头粗的圆洞；烂得厉害一点的，他要将那锈蚀得很薄的地方，也敲掉，甚至砸出巴掌大一个洞来，就如同锅底开了个大的圆天窗；还有的是裂了一条长缝，经他一番叮当，最终也砸出一条比筷子还宽的口子。而后，他会根据砸好的天窗般的洞口的大小，从筐里找一块废铁片，在那铁墩上一番敲打，一番比画，敲出一块合适的圆铁皮，比那破洞略小。这样的预备工作做好，他就熔铁水，准备补锅了。

他坐在空地的矮凳上，一手拉风箱，一手拿着铁钳不时往火炉里添点小炭块，或者在那埋于炉火中央如同杯子一样的深紫色坩埚里添几块小铁片，炭火熊熊，烧红了那粗糙的坩埚，也将里面的铁片熔化成又红又稠的铁水，翻腾着。

补锅的时候，我曾多次为补锅匠担心过。他的左手掌上垫了一块黑色的厚垫子，既像是皮的，又像是布的，灰蒙蒙的，又黑又脏。当他右手拿火钳夹了小勺子，从坩埚里舀了一勺铁水，倒在左手掌上接着时，红红的，分明是一粒铁水珠子，我生怕烧穿了那冒烟发臭的厚垫，烧到他的掌心。不过，我的担心显然是多余的。他此时动作飞快，迅速对准那鼎罐或锅子的洞眼，从外面抵紧，铁水珠便挤了进去，那舀铁水的右手也随即从地上换拿了一个用笋壳和破布做成的短棒状的抹子，在炉边的湿田泥团上一擦，对着锅内那一粒红铁水珠一压一抹，一阵烟气腾起，那洞眼已是一块指甲大的黑补疤。相比而言，补长缺口，尤其是补天窗般的缺口就费事许多，他先要将那敲好的圆铁片，用篾丝十字状固定在洞口中央，再一粒一粒地补上铁水珠，抽去篾丝，补上一大圈补疤。有时，个别补疤没补好，他还要用那尖嘴小锤敲掉，再补。自然，这样补锅的价钱也要贵一些。

那些补好的旧鼎罐和旧锅子，洗干净后，又能在农家的灶火上用上一段长长的日子。

补鞋

遍寻我童年的记忆，一年中我似乎光脚走路的时候很多，无论上山捡柴，还是到野地里扯猪草，甚至上学。只有到了寒冷的冬天，我才穿上一双黑乎乎的旧胶皮马口鞋，我们习惯叫套鞋。这套鞋定然是我的二姐穿过给了三姐，三姐穿过才传到我的。曾有许多岁月，我们家灶屋的宽板长凳下面，只有寥寥可数的几双草鞋和套鞋，连布鞋都很少。

草鞋是用稻草扎的，那时村庄里的成年男子都会，我的父亲自然是扎草鞋的能手。扎草鞋通常叫打草鞋，我父母常说一句话："草鞋没样，边打边像。"我有时看父亲打草鞋，那梳理干净的干稻草在他手中或搓或编，或添或剪，要不了太久，一双金黄的草鞋就打成了，像两只宽扁又长的百足大虫。在我们家，草鞋通常是父母穿，穿烂了，随处一丢，也不可惜。布鞋自然是少的，那时去供销社买布，要凭布票，家里人穿的衣裤，都是补丁叠补丁，二指宽的旧布条，都要用来缝补衣服，哪还有多余的布来做鞋穿？唯有套鞋，又耐穿，又耐脏，即便表面沾满了烂泥，到水边用草球擦洗一番，又变得黑亮光洁。冬日里穿套鞋，我们常在鞋里垫上稻草，就暖和多了。穿久了，或进水了，掏出垫草扔掉，重新拿来干稻草，剪掉穗须，反复折上几折，略略压平，再塞进去垫上。不过，再耐穿的套鞋，累月穿着，总有破烂漏水的时候，这样的日子，就期待补鞋匠早点到来。

补鞋匠也确实会在冬季如期而至。那个操外地口音的中年男子，同许多行脚匠人一样，也是衡州人，村里人叫他邓师傅。他每次来到我们村里，通常落脚在老单身汉涛老倌家，吃住几日。与补锅匠不同，邓师傅随身就带着一个旧包袱，里面的工具也轻便又少，围裙、锉子、大剪刀、胶水罐、胶水刷，此外还有一些零碎废旧的套鞋皮，仅此而已。冬天天冷，邓师傅补套鞋通常是坐在村中某栋青砖黑瓦的大厅屋里，周边要补套鞋的人家，便搜罗了一只只大大小小的破套鞋来，灰蓬蓬的，放在地上，同他讲价。邓师傅的嘴巴子能说会道，在村里是出了名的。他笑容可掬，逢人头一句的口头禅是："哎呀，是你来了，价钱肯定要便宜一点。”

我那时也爱围观邓师傅补套鞋。他坐在破套鞋围绕的矮凳上，腰间绑了一块脏兮兮的黑围裙，盖住两腿。他从地上拿了一只套鞋，放于腿间，左翻右翻，查看破烂的地方，而后就用铁皮锉子锉那破漏之处。那锉子的白铁皮仿佛是剪开的一截废旧手电筒，密密麻麻钉了无数的洞眼后，包裹在一根短木棒上，粗糙又锋利，锉得套鞋皮的黑细屑在他裙上落了一层，将套鞋破洞的周边，锉出一个毛糙的印痕，或圆或扁。接着，他找出一块废套鞋皮，比画一番，剪出如锉痕一般的形状，作为补子，并将补子皮里层黏附的白纱锉干净，现出毛糙的皮色。如此妥当了，他方才用剪刀嘴子撬开胶水罐的盖子，拿了小毛刷，粘了胶水，分别涂在套鞋和补子上，稍稍晾干一阵儿，再将补子贴在破洞上，双手用力挤压一阵儿，就补好了。这样看起来，他补套鞋似乎也挺简单的，只是那黏糊糊能扯丝的胶水，略有一股刺鼻的怪味。

分田到户后，胶皮凉鞋和解放鞋逐渐在乡村流行，一度成了乡民脚下的标配。补鞋匠的装备也换成了手摇补鞋机，业务范围从原先的补套鞋，扩展到补凉鞋、补解放鞋。再往后，皮质粗糙的猪皮鞋也穿在了村里一些时髦人的脚上，成了补鞋匠穿针引线上胶水的对象。

也不知是无师自通，还是跟着外地的补鞋匠当过学徒，突然有一天，村里的国美也有了手摇补鞋机，在他家里接受补鞋的业务。国美是个头脑活络的人，曾有多年，他负责抽水机房的抽水和碾米，后来又买了手扶拖拉机跑运输，因为一次交通事故，成了腿脚不便的残疾人，在家里办了一个小店，卖点糖饼烟酒之类的小百货。或许是看着国美的补鞋生意还不错，村里的青年社和也买了一台补鞋机，并经常挑着他的补鞋机和一只木箱，走村串户吆喝补鞋。不过三五年后，他们两人的补鞋生意都销声匿迹了。

经济的发展，时代的进步，乡人的衣着鞋袜样式愈加丰富，补丁叠补丁的年代悄然远去，连同那些乡村补鞋匠。对于出生在新时代的乡村孩子们来说，他们基本再无衣食之忧。他们的童年也不会像我们那样，长年累月光着脚板走路和奔跑。只不过他们那从小就被一双接一双好鞋子保护得很好的脚板，隔了泥土，隔了砂石荆棘，已然变得娇贵，丧失了那份与土地肌肤相亲的情感和耐力。

弹棉被

那张弓是如此之大，是如此强劲有力，在乡村的世界里，恐怕没有能出其右的了。

旧时故乡的寒冷冬季，要比现在分明得多。北风呼啸，松涛阵阵，寒雨连绵，滴水成冰，乃至屋檐冰挂如剑，大地白雪成絮，都是年年能见的寻常景象。在这样的日子里，村前空旷的田野上，偶尔能看到一对弹棉被的父子，过了石桥，沿着光滑的石板路向我们村庄走来，他们肩上挑着的那张大弓，那块红椆木做的大过砧板的厚实磨盘，也随之轮廓清晰起来。

这对弹棉被的父子，是隔壁上羊乌村的。年老的父亲外杏是个老弹棉匠，年轻的儿子茂德是他的助手。他们每年冬季都会到周边的村庄弹棉被，有时也会来我们村，一弹就会停留好长一段日子，今天这家弹，明天那家弹，碰上要嫁女儿的人家，为置办新嫁妆，往往要弹好几天。

那时村庄种植棉花，因为园土大多要种粮食和蔬菜作物，种棉的面积不是很大，无论在生产队时期，还是在分田到户的初期。村里人家往往要积攒好几年的土棉花，去除棉籽，才能凑七八斤纯棉，弹出一床洁白暖和的新棉被。

弹棉被需要大阵仗，定然是在大厅屋摆开长凳，取下长而宽的大门扇，搭起一个宽大的平台，要弹的棉花就铺在台子上。做一床新棉被，需从早到晚，要一整天，其中有差不多三分之二的时间，用在弹棉上。

当那高瘦的老匠人在腰间扎了带子，将一根弯曲的长竹片插在背后，那前曲的一端便越过头颈，高高地伸到了前面，并悬下来一根绳子。老匠人从墙角取来那把比他还高的大弓，横在台子上，将竹片上垂下的绳子，绑扎在粗过手臂的弓木中央。他直起身，左手握着弓木，让悬吊在竹片上的大弓大致保持横平状态，右手拿了那只光滑红亮、状如大瓶的弹花锤，有节奏地敲击着牛筋弓弦，弹触棉花。顿时，“弹弹蓬蓬，弹弹蓬蓬，弹弹蓬蓬……”的弹棉声响了起来，声音一清一浊，清者为空弦振动，浊者分明是触着了棉花，循环往复，节拍强劲，震撼人心，宛如乐曲。这弹棉声从厅屋不断地溢出来，让人在远处的巷子里也能听到。

老匠人弓身曲背，密集地弹着，牛筋弦子所到之处，原本板结的棉花，飞絮如丝，变得洁白而蓬松。老人的身上头上，都渐渐落满了飞絮，有时一团团的棉花也从台子上弹落下来，他的儿子茂德便俯身捡起来，重新放回去。弹棉花需要耐心，老匠人围绕着长方形的大台子，每一处都要弹到，要反复弹上许多遍，直到整台棉絮弹得均匀如丝，蓬松若云。

弹好的棉絮，父子俩要整理成长宽合适的尺寸，各自提了那厚重光滑的圆磨盘，略略揉压一番。那坚硬椆木的磨盘很重，他们双手抓握盘面上的木杆推动磨压起来，感觉十分吃力。而原本蓬松的棉絮，也在磨盘的碾压之下密实了许多。接下来，便是布线。父子俩相对站立在台子的两侧，老匠人掌管棉线团，他手中的工具已换成了一根竹竿，前端带一个钩子，他将棉线挂在钩子上，伸过去，由他的儿子接住，将棉线黏压在棉被上，而后他将竹竿回过来，又布下一根棉线。那根细细的棉线似乎无穷无尽，在老匠人的手竿下来来回回，在棉被上布下密集匀称的经线、纬线和斜线，织出了一张绵密的大网。棉线与棉絮能相互粘连，加上磨盘的揉压，黏结得更紧密。之后，翻转来，将棉被的另一面也同样布线织网。

布线后的棉被，还得继续揉压。这个时候，老匠人和他的儿子，有时就脱了鞋，爬上台子，光脚站在磨盘上，身子扭动，用双脚驱动着磨盘在棉被上碾压行走，颤颤巍巍，如同舞蹈。每一处地方，他们都要反反复复压实很多遍。一面压好了，再压另一面。

当一床洁白的新棉被做好，主人家都乐呵呵地笑开了花。这时，差不多也到了吃晚饭的时候。辛苦了一天的弹棉匠父子俩，洗过手脸，坐在炉火温暖的酒席上，享受着殷勤的招待，谈着家常，是他们一天中愉快的时光。

弹棉被

裁缝

父母健在的时候曾多次说过，他们曾共穿过一条裤子。

那时已是二十世纪六十年代后期，我的三姐春花已出生，我还没有来到人世。那条裤子是请了邻村的一个土裁缝师傅手工缝制的，乡人俗称操头裤，腰身大如水桶，靠操拢来，用一根绳子绑住，两只裤脚也宽大，且是满裆的，分不出男女形制，这也差不多是那个时代故乡最普遍的裤型。这条新裤子，若是我的母亲回娘家，就被母亲穿上，要是我的父亲走亲戚，就被父亲穿上，因为他们别的裤子，补丁叠补丁，实在是太破烂了。

我有记忆时，村前江对面的油市塘街上，有一个裁缝铺。油市塘是一个小村，这里古树林立，只有一条青石板的合面街，两边各家的瓦房前都有木廊柱，吊脚楼的样式，底层是铺面，门洞宽大，差不多占满了整个墙体，晚上用木板镶嵌，早上拆下就是店铺。这里是交通要道，周边各村乡人客旅，南来北往，赶圩远行，都要从此经过。自古以来，这里就成了商旅落脚之地，三教九流各色人等也在此聚集，开伙铺的，打牌赌博的，做生意的，自发形成了这样一个街市。我童年时，这里还有裁缝铺、打铁铺，甚至供销社也建在这街口。油市塘村子小，姓氏和口音却很杂，有“十户九姓”之称，他们的先辈，大多是远道来此做生意而长住了下来的外乡人。

那裁缝铺里的昌维师傅，是本乡凫塘村人，姓刘，他家离这里有六七里路。昌维师傅租住的铺面是龙奶仔家的。在我们当地，奶仔是乡人对男孩的通称，这个龙奶仔原是衡州人，年轻时是一个补锅匠，来到油市塘这家铺面落脚，不曾想相处得久了，竟然做了这户人家的上门女婿。昌维在这里做裁缝时，龙奶仔已是中年，早就不补锅了，成了这铺面的主人。这裁缝铺我去看过多次，尤其我大姐荷花嫁到油市塘后，我对这条街上的人事就更熟悉了。铺面虽是泥地面的，却很干净，那黑亮的缝纫机和宽木板搭的裁剪台子，就靠墙摆放在进门的一端，光线明亮。一年四季，昌维都在这里裁剪新布，缝制衣服，从街上路过的人，经常能听到他踩踏缝纫机发出的声音，时紧时慢。他那高高的台面上放了各种布，一小卷一小卷的，那是周边村庄的人从供销社扯了布后，放他这里做衣服的。昌维量了他们的身体尺寸后，写下名字，做了记号，说定了日子，再让各人来拿取新制的衣裤。昌维的裁缝铺，平常也是妇女和女孩子们最爱逗留的地方，那些裁剪下来的零星碎布，她们捡了去缝补衣服，或粘贴鞋样，或纳布鞋底，或纳鞋垫，都好得很。

在很长的岁月里，乡村人家是要凭布票才能到供销社买布。乡人习惯管买布叫扯布，大约是源于售货员从货架上取了布匹下来，放在柜台上展开，拿了竹片长尺子一尺一尺地量，量好了，剪开一个小口子，双手一扯，哗啦，所买的新布就撕扯下来了。不过许多人家即便家里有布票，也不一定有钱扯布。因此，在乡村，要做一件新衣服，也是十分不易的。我的父母亲，就常常好几年都不曾添置一套新衣裤。

每年年底，昌维的裁缝铺变得异常忙碌，来送布做衣服的人特别多，男的做中山装，女的做开襟衣，一时成为时尚。做孩子衣服的，这时更多了，需排队耐心地等待。这段日子，他通常要通宵达旦地赶工，缝纫机的唧唧啧啧声，响个不停。在我童年和少年时代，每当除夕之夜，母亲拿出昌维师傅给我缝制的新衣服，我都是特别开心。不过，这新衣服要大年初一早上起床时才能穿。记得有一年，是做了有四个口袋的蓝卡其布上衣，我穿好衣服后，特地找来水笔插在胸前的口袋上，那光亮的金属笔帽露在口袋外，顿时感觉自己真的像一个幸福的读书人。

昌维师傅一个人在裁缝铺里吃住，每隔几日，他就回家一趟，挑来米菜。几十年来，都是如此，他从我儿时记忆中的中年人，变成了老者，才回到他的故乡安享晚年。他一走，油市塘街上的那个裁缝铺也就消失了。

二十世纪九十年代初，我中专毕业后刚工作不久，有一次，我与一帮旧日的同学和朋友，来到离我家乡几十里远的一个偏远地方游玩。一个友人说，他村里一个漂亮的女孩在我们下车的乡政府路边裁缝店做衣服。我笑着说，那就去看看啊！那个裁缝店很小，是一间低矮的瓦房。女孩披一肩秀发，美丽而友善，羞涩地跟我们打招呼。这姑娘叫三妹，上面有两个哥哥、两个姐姐，她是家中最小的女孩。这次短暂的见面，给我留下了美好的印记。

三年过后，那个曾是裁缝的美丽女孩成了我的妻子。婚后，我们家新添置了一台缝纫机，她曾给我的父母，给我们自己，给我们的女儿和儿子都缝补过许多衣服。如今，这台多年不曾使用的旧缝纫机，依然在我们家的卧室里，是一段有情岁月的见证。

织毛线

进入秋天后，天气渐渐转凉，农家的母亲们，在生产劳作之余，又着手为家人的御寒做着准备，纳鞋底，纳袜子底，缝补衣物。

在我童年时，灶屋宽板长凳的角落，有一只做工精美的旧花篮，篾条的色泽已经发红，显然岁月已久。这只花篮是我母亲做女红用的，里面无非一些布条、布块，旧的多，新的少，顶针、针筒、剪刀、钻子，也都齐备。多数时候，母亲提着这只花篮在光线好的地方，给我们缝补破衣裤。有的夜晚，在昏黄的电灯下，二姐和母亲一起从桌面上拿了从生产队找来的废报纸剪鞋样，再将零碎的旧布条、布块用米汤一层层粘贴在纸样的两面，做成硬实的鞋底或袜子底。日后得了空闲，她们便穿针引线，针脚密集地纳好鞋底或袜底，朴实又精致。

那时候，位于我们对面小村油市塘街上的供销社，有一种棕色的长筒棉线袜卖，在冬天，是乡人御寒的必备。母亲通常将买回来的新线袜，沿着棉袜底纵向剪开，缝上一双纳好的布袜底。上了布袜底的新袜子穿起来更耐磨，大冷天即便伸着脚掌烤火也无妨。而那些穿破了的线袜，二姐会细心地拆了线头，将那尚未破烂的袜筒扯成棉线，连接起来，绕成线团，以后用来织她所钟爱的小物件，比如袜子或手套。

我的三个姐姐中，二姐贱花尤善女红，而编织棉线衣物，又曾是那个时代乡村妇女和姑娘尤其喜欢的一个手工活。甚至很多小女孩，上学的时候，也在书包里带上竹筷削成的织针和线团，不时拿出来，像模像样地打着玩儿。在寒冷的漫长冬闲，村中年轻姑娘日间或夜里串门走动，许多人的手中，都会带着那似乎永远在编织，又似乎永远未编织好的半成品。她们相互间模仿、求教、切磋，织出时新的衣物，给乡人朴素的日子装点了亮丽的花朵。

曾几何时，对白棉线的追崇，为年轻姑娘所热衷。那些能设法得到白棉线手套的，更是幸运，令人羡慕。新的白棉线手套，会被她们毫不犹豫地拆成线团，而后成了她们灵巧双手间的织线，或被她们用钩针钩成一条三指宽的雪白衣领，或被她们用织针织成一条长长的围巾。雪白的衣领子缝在年轻小伙子的蓝色中山装的衣领内侧，衬出颈脖，看着真是既精神又英俊。而那洁白的长围巾，围在少女的脖子上，胸前搭一截，背后搭一截，走在石板巷子里，走在大雪纷飞的路上，映着冻红的脸色，愈发娇美！

是的，对于村里的年轻姑娘来说，即便身处偏远山乡，对时尚与美的追求，也总是她们最热衷的，尤其是看了电影里明星的漂亮衣着，更为羡慕。爱美之心，人皆有之，编织棉线织物一旦成为风尚，成为潮流，就像一场甘霖，很快就风靡乡村。

分田到户之后，棉线团、白亮的金属织针，在故乡的供销社都能买到。村中妇女和姑娘，编织线衣、线裤的越来越多。以后市面上又出现了毛线，毛茸茸的，线条粗大，色彩丰富，编织时已无须像织棉线那样得两三根细线拧成一股，既方便，也时尚。只是，毛线很贵，能穿上一件款式新颖、精美又暖和的毛线衣，代价不小。

我读高中时，二姐已出嫁。有一年，她给我织了一件红色的毛线衣，桃子领口。编织的过程中，因红毛线少了点，两只袖口的一截临时用黑毛线接上。这件毛线衣，是我那时最好的衣服，我十分喜爱。后来，我又穿着它，走进了中专校园。

我的相册里，至今保留着一张二十世纪八十年代末期我读中专时的照片。在校园的雪地上，我和同学茂松、四马各蹲在一团大雪球上，我居中，穿着那件红毛线衣，犹如雪地中的一团火焰。我们脚穿尖嘴高跟黑皮鞋，长发齐肩，笑容可掬，是那个时代所谓“天之骄子”的经典影像。

做媒

蜜蜂在花丛中起落，吸取了花蜜，也无意间传递着花粉；劲风吹起了蒲公英的小羽伞，吹散了那花朵上原有的安定与团聚，却也将生命的种子播撒到了远近的大地……自然界生命的繁衍，许多时候都出于那些并不起眼的媒介的偶然推动，从而造就了生生不息的美好世界。人间的姻缘也是如此，总有一种媒介，一种偶然，将两颗心牵引到了一起，组成家庭，生儿育女。

数十年前的故乡，做媒还是说合一桩亲事的主要方式，甚至乡谚里说："天上无云不下雨，地上无媒不成亲。"在乡人的朴素观念里，做媒是一种善行，一种热心行为。而乡间又不乏热心肠的人，年老的长者、亲戚、邻居、熟人，他们经常在某个偶然的时间和场合就扮演了媒人的角色。因此，乡村多媒人，却也说不上谁是以此为业，只不过有的人乐此不疲，说合成功的多一些罢了。

在我们村，曾有两位老媒人颇有名声，一位是有缘老太，另一位是熏保老汉。他们能说会道，爱串门，又有耐心，平时处处留心，遇着有合适的后生和姑娘，就会去撮合，去说道，再三再四，不厌其烦。说成了，在男女双方定亲的日子，媒人自然成了座上宾。小夫妻结婚的大喜之日，也必定会备办了红包、猪肉、红蛋、新鞋垫之类的礼品酬谢媒人。此时的媒人，满脸荣光，受人尊敬，又倍觉有成就感。

常言道："夫妻进了房，媒人扔出墙。"此话虽略带揶揄，却也是人之常情。一对夫妻过日子，若感情恩爱，过得顺心快意，加上又忙于耕种生产，忙于养育子女，不可能事事时时都惦记着媒人。做媒的人，其实也不会太介意。只是，有时媒人也会遇上烦心事，这主要体现在少数夫妻争吵之时，双方都埋怨媒人，甚至骂媒人瞎了眼，没给自己找到一个称心人。媒人两头挨骂受气，落得个好心没好报。熏保老汉就曾多次气得对找上门数落他的人大声嚷嚷："你们不要来找我！你们好得流油的时候也不记得我，现在吵闹打架也不要来向我报告！"这一幕成了村里人茶余饭后的笑谈。

纵然这样，乡间做媒的热心人，还是多得很。在我们村，我母亲也做成了几对。母亲做成的第一对夫妻，男方明星是我本房族的堂兄，年轻时也是一表人才，女方冬娥是我外婆家邻居的女儿，按辈分叫我母亲姑姑。第二对，男方是我家隔壁邻居孝健，女方全彩的母亲是我母亲的亲堂姐。应该说，母亲做媒看人准，又负责，两边都是亲戚和邻居，来不得半点马虎。事实上，经她说合的这两对夫妻，长相与人品都好，又有手艺，明星是村里的豆腐匠，孝健是村里的木匠，几十年来他们两对各自都恩爱美满。

母亲前两次做媒，我还没有出生。等她做第三对的时候，我差不多快上学了。那时，与我们家同在一个生产队的青年小伙子贱仁，正跟着孝健当学徒做木工。我母亲觉得贱仁诚实懂礼，人也标致爱学，就给他做媒，介绍的女方是我们村前江对面小村油市塘的贱枚。贱枚的母亲运女，与我的母亲运莲，原是同村同辈，又都早年丧母，是童年时期就一直同病相怜的玩伴和苦命姐妹，我从小就称呼她大娘。贱枚几兄妹也向来叫我母亲满娘。我们两家几十年来是以亲戚往来，多有走动。在我母亲的说合下，这对般配的新人很快就成功了。记得他们结婚之日，我也是那热闹喜庆的送亲队伍中的一员。到了晚间，我还与村里的大人孩子一道，蜂拥着挤进摆了红木箱、铺了新被褥的洞房，向坐在床上羞涩幸福的小两口要喜糖，要荸荠，要红枣，要红花生，屋里屋外都是闹洞房的人，满屋子的欢笑，喜气洋洋。

随着改革开放，自由恋爱的风气也在乡村渐渐盛行开来。故乡青年男女间的恋爱，更大胆，更主动，冲破了许多往日的藩篱与禁忌，传统意义上的媒妁之言，越来越少了。尤其是进城打工热潮的兴起，村中大多数青年男女走出了祖辈父辈一辈子困守的山乡，走进城镇，视野更加辽阔，接触面越来越广，牵线搭桥谈情说爱的方式丰富而多元，远嫁的、远娶的，成了这个人员大流动的新时代的寻常之事。

我的三个姐姐中，大姐荷花嫁得最近，就在我们村对面的油市塘；二姐贱花次之，也不出本乡，她们两个都是依了媒妁之言而成家的。只有我的三姐春花，远离了本乡，所嫁之人，是我的高中好友运星，而我竟然不经意间充当了他们相识相爱的媒介，这是我们谁也不曾料想到的。而我与我的妻子，也是偶然在年轻时的一次郊游中，因为朋友的一句笑谈而相识相爱的。

婚姻就是这么奇怪，总有一种缘分，一种不期而至的媒介，将两颗心、两个人牵引到一起，共度一生。

做媒

剃头

“胡子拉碴，嘴尖毛长。”这是旧时故乡妇人尤爱数落自家男子的话，意为头发胡子长得太长，形象难看，得赶紧去剃头、刮胡子，弄干净整洁了。

在我的故乡八公分村，剃头又叫剃脑，也叫剪脑，剃头匠则称作剃脑的、剪脑的或者脑师傅。那时候，理发还是个新鲜词，只有在离村十里路的永红圩场才有时新的理发店。趁着赶圩的日子，专程去理发店理发的，大多是村子里讲究的男青年。

在村庄，剃头剪发基本上是男人的事情，无论孩子还是成年人。旧时村里的习俗，孩子出生满百日，要剃一次头，叫剃开山脑，将头发全部剃光，只在后脑处留一撮二指宽的头发，叫后山。这是人生的第一次剃头，是大事，做父母的必定封上一个红包，里面装几角钱，作为给剃头匠的谢礼。而剃下的头发，做父母的也必定会用红纸包上一撮，塞进猪栏的墙缝里，寓意孩子像猪一样茁壮成长。不过，对于女婴而言，剃开山脑时，还得顺便将眉毛也剃干净了，且以后每隔一月剃一次眉毛，连剃两次。女孩要剃三次眉毛，意为清爽净洁。

我的记忆里，村庄最年长的剃头匠是仁友爷，那时他已年老。经常给我父亲和我剃头剪发的，是得喜。得喜的辈分比我还小一辈，我父亲当然是直呼其名，而我真不知如何称呼他才好。反正每次剃头剪发，要么他来我们家，要么父母带着我去他家，都是他们交谈，我只管低头、闭嘴领受那些推子、刀、剪就是。那时候，得喜给我们剃头剪发是包年，一年若干次，并不月月剃剪，到了年底再拿钱，也就一两块，少点儿也无妨。有的人家，如果一时拿不出钱来，拿一些鸡蛋、鸭蛋抵账也可以。

村人剃头剪发，一般是在农闲之时，比方说下雨天、下雪天，或者中午休息吃饭的时候。夏秋季节，天气炎热，剃头剪发的人更多。通常每天中午，得喜就会在村前朝门口的大树荫下剃头剪发。这里场地宽阔，柏树、柳树、苦楝树众多，石墩、石条也多，被人坐得乌黑光亮，清澈的水圳从旁边蜿蜒流过，前面又紧邻大月塘，风光也好，是村人日常闲聚的首选地，盛夏里好乘凉。

得喜剃头的工具装在一个小木箱里，白亮的推剪，长长的剪刀，锋利的刮胡刀，长柄的木梳子，条状的小磨刀石，擦刀的牛皮条布，一把毛刷，此外还有一块蓝色的旧围布。他在朝门口摆开阵仗，自然就有村人来剃头剪发，并引来众人围观。除非在他家，否则得喜剃头剪发是不负责打水的，谁剃头剪发，谁自己端一盆温水来。剃的发型基本上是固定的那几种：中老年男子，一律光头，头发、胡子刮得精光；青年人有的剪西装头，头发向两边分开，中间批出一条白亮的路子，活像黑白电影里的汉奸，多数青年则是剪小平头；小男孩儿要么剪狗屎刮，要么剪鼎罐盖。所谓狗屎刮，就是在脑门前留一块巴掌大的长方形头发，其余皆剃光，活像村人平素拾狗屎的铁刮子；鼎罐盖就是头顶留一圈头发，周边剃光，正如家里煮饭的小鼎罐的黑盖子。童年时，我基本就是这两种发型轮流换。

长年累月给人剃头剪发，得喜那擦刀和围脖子的剃头布脏得黑亮发光。以至于村人形容某个人衣服袖子太脏时，常以此作比：“你这衣服比得喜的剃脑布还脏！”“你这衣服赶得上得喜的剃脑布！”

得喜身材瘦高，剃起头来神情专注，那把雪白的刀子，在他一手摁住的脑袋上游弋，唰唰作响，一片片的湿头发不时掉落下来，在地上落满一圈。每当看他给别人剃光头，我常担心那把刀子会把那光光的头皮也给刮破，然而却没有。而被剃的人，坐在凳子上闭目养神，倒是十分享受。

于我而言，我喜欢他那推剪贴在我脸面、头皮上凉凉移动的感觉，嚓嚓喳喳的声音，均匀而轻微，干枯的黑短发随之零散落在围布上。这个时候，我的脑袋任由他的手掌控着，或前或后，或左或右，丝毫不敢乱动。一番悉心推剪和刮剃后，他解下系在我颈脖上的围布，翻开我的衣领，哈气吹掉扎人的乱发，再用毛刷扫一扫，方才恢复我的自由。

村里的孩子，并非每个人都会由剃头匠剪发。有的母亲为了省钱，自行拿了剪刀给孩子剪，剪得像梯田，像楼梯，厚薄不一，难看死了。这种发型村人叫楼梯枋子，谁看到都会取笑一番。村里的剃头匠，后来还有国和、国美和志贱，有时邻村的剃头匠也提个箱子来村里吆喝。许多年来，他们一同维护着村里人的头顶大事。

去永红圩理发的青年人自然是越来越多，那里的发型剪得时尚，能照大镜子，涂香皂，而且理发店有好看的年轻妹子。村里的小伙子教兰有一段时间，就常爱去圩场理发，据说那理发的妹子叫小兰，对他笑了，他喜欢上了小兰，想娶她做老婆。只是小兰后来嫁了别人，这让他好不伤心。

岁月流逝，村里的剃头匠一个个先后辞世。如今村庄里的剃头匠，只有志贱还健在，但已是七十多岁的风烛残年。早些年，他就不再替人剃头理发了。昔日繁荣的永红圩场，随着国营永红煤矿的破产搬迁，也渐渐败落了下去。村里也已无人学习剃头理发的技艺，无论老幼，剃头理发都要去十里路外的洋塘乡政府理发店。

好在通往乡政府的水泥公路宽敞又平整，开摩托，坐通村公交，或者步行，也都便捷。

第 六 辑

农闲

修水库

现在回过头来看故乡曾经的美好田园，江水盈岸，溪水长流，山塘碧波荡漾，再干旱的年份，夏秋两季水稻的灌溉也大体无虞，成就了多年粮食丰收的美好盛况。这其中的一个重要原因，与此前几十年里全民上下重视农田水利，大力兴修水利设施，是极其相关的。

在我的童年时期，“修水库”这个词经常被提起。更有意思的是，我现在尚保留在脑海深处的最早记忆，竟然也是与修水库相关。那是一个晴好的上午，在村边我们生产队队部的瓦房里，我的母亲和几个人正在从一排大灶上的层层笼屉里，将那热气腾腾的一钵钵米饭取出，钵口两两相对，叠放在地上的谷箩里。还有的人，正在灶火上的大铁锅边炒菜，炒好的菜用大盆盛装，香气扑鼻。我安静地坐在门口溪圳上的青石桥板上，瞪眼看着里面的动静。母亲从筐里拿出一钵饭，划出一半，又夹了一些菜，带着歉意对屋里的人说了些什么后，走了过来，将钵子往我嘴边一推，低声说："快吃！等下别人看见了。"我张大嘴巴，听凭母亲往我嘴里扒塞饭菜，大口地吞咽。一会儿工夫，我就吃完了，连汤脚也不剩，母亲浅浅地笑了。

这是我此生难忘的最初记忆，每每想起，依然眼泛泪光。这个记忆中的场景，我无数次跟家里人说过。原来，那时他们正在为生产队修水库的社员做饭。做好的饭菜，她们要挑着，送到工地上去。那水库是在邻村羊乌村后的一个山窝里，地名叫塘窝冲。我依稀记得，我跟着母亲到了那工地上，人多如蚁，都在用竹筛子挑着泥土冲锋般地疾走。

其实，在我们村后，也有一口小水库，村里人习惯叫山塘。是将村后两山之间的一股大泉水截住，筑了又长又宽又高的土坝，成了水面宽阔的水库。这口小水库应是二十世纪五十年代末期修建的，比我大十七岁的大姐荷花说，她记得很清楚，那时她还没有上学，有一回父亲背着她去工地，让她坐在一棵油茶树下，父母就在那里挖土、挑土。童年里，我经常到村后的山岭捡柴，搂枞毛，每次都要路过这高树掩映的水库，水面波光粼粼。这水库的大堤上，曾经有一个巨大的石头磙子，是当年修水库时用来压实泥土的，需几十人用绳索套在肩膀上，拉着来回碾压。水库修成后，这石头磙子也就遗弃在这里，成了我们小时候的玩物。这口水库曾长期担负着村北大片农田的灌溉重任，清澈的水流从坝口泄出，沿着宽阔的水圳，曲曲折折，流过山边，流向广阔的稻田。

在大集体时代，不仅本大队的水库在修建时各生产队要派人力，本公社的其他大队修水库，我们大队有时也要派劳力，甚至家家户户都有任务。有一年整个冬天，在距离我们村庄十多里远一个叫神皇冲水库的地方要修水库，我的母亲和二姐，与村里的人一道，每天天没亮就起床，赶到水库工地去吃早饭，按划定的任务挖土方、挑土方，要到晚上才能回家。那里已到了永兴县与桂阳县交界之处，离我舅舅的村子桂阳县东成公社车江村很近，有时太晚了，母亲就带着二姐临时去舅舅家睡一晚。

黄口堰水库，是我们当地方圆几十里最有名的水库，也是永兴县两个最大的水库之一。照村里人的说法，有的人家祖孙三代都去修过水库，断断续续修了一二十年。我记得有一年，也是冬天，我们村各生产队都要派青壮年劳动力去黄口堰修水库，我的二姐也去了。那里离我们村庄有几十里路，是我童年时期想象中的遥远的地方。二姐去了两三个月，方才收工回家。听她说起，那水库工地上的人，比蚂蚁还多，天天就是挖土、挑土、筑堤坝，每挑一担泥土都要过秤计数，天天有规定的任务。同一个生产队的民工，都是在水库附近一带的村庄里，借了别人家的房子打地铺睡觉，很多人都染上了疥疮。那年年底，村里的民工回来后，也把疥疮带回了各家。很长一段时间，整个故乡，家家户户染上疥疮的特别多。我们家也是如此，每个人天天在身上抓个不停，晚上睡觉都不得安稳，奇痒难受，这也是我对修水库的最深刻的记忆。村里每个修过水库的人，只要一提起修水库的事，就一定离不开一个字：苦！

分田到户后，修水库、修水渠的事情，在我们村里再也没有发生过。好在那些曾经花费几代人的努力方才修建好的水利设施的存在，它们使得此后多年的粮食生产有了保障。

不过，随着时间的推移，许多水库和水渠年久失修，漏的漏，塌的塌，无人理睬。我们村后的那口碧波荡漾许多年的小水库，最终也干涸了，库底成了一片开裂的黄土，让人触目惊心，唯有叹息。

装电

如果有人要问，湘南山区偏僻一隅的八公分村，是从什么时候开始发生山乡巨变的。我现在可以很明确地说，是从第一根高压水泥电杆被村民抬进村庄的那年冬天。

对此，我的大姐荷花记得十分清楚，那一年她刚好生下第一个孩子德主。大姐比我大十七岁，她就嫁在我们村对面的小村油市塘，那时我的姐夫当兵转业在铁路系统工作，大姐生下孩子后，基本上就住在了我们家。我比大外甥德主只大四岁，如此说来，那是 1973 年冬天无疑了。而在此之前，村前山脚下的简易黄土公路也修通了。记忆中，我曾跟随父母和姐姐，到那山脚下修路挖土方的工地现场去玩过，也曾在通车的那天上午，高兴地跟着全村男女老少，追逐那插满红旗缓缓开行的大汽车和大型拖拉机。

那年冬闲，抬电杆，挖地洞，立电杆，是各生产队成年男子的主要任务。我家所居住的老厅屋，大门口是一条水圳和紧挨着圳边的石板路，路的那一边也有一排瓦房。有一天，我站在门口，看着霏霏细雨中的众人，用竹杠、绳索抬着一根又长又粗的水泥电杆，从门口走过，就像我们常见的蚂蚁抬蚯蚓一样。石板路又滑又窄，而人又多，走起来磕磕绊绊很不便。他们穿着草鞋，相互搀扶着，喊叫着，吃力地缓缓前行。之后，这样的场景见得越来越多，我的父亲也是抬电杆的一员。这些电杆被抬到指定的地方，无论稻田、园土还是山岭，每隔一定的距离，就会高高地立上一根，向着更远的深山和村庄延伸而去。

一两年后，我们村庄终于通上了电。我们家那间黑乎乎的灶屋里，也装了两根电线，一红一绿，从邻家穿墙而入，沿着墙壁曲折布置，又从我们家穿墙而出。村庄的巷子里，电线交织成网，将各家联通了起来。我们家那一盏状如小瓠瓜的白亮灯泡，从被油烟熏黑的屋梁上悬下来，一个黑乎乎的圆盖子拉线开关，钉在黑乎乎的墙壁上。

对于乡村人家来说，通电最直观的好处，便是有了电灯。比起煤油灯来，电灯干净又明亮，拉一下，开了，再拉一下，关了，用起来很方便。只是电灯要收电费，比点煤油灯费用要高，有的人家合计一下，不合算，便干脆又不用电灯了，重新点煤油灯。加上那时农村供电不稳定，偷盗室外电线变卖的现象一度猖獗，因此在好些年里，故乡人家的煤油灯依然还保留着，以备不时之需。

再者，普通村民，那时大多对用电缺乏安全常识，有时家里的灯头、灯泡或开关坏了，要么不敢去动，要么行为鲁莽。记得有一次我家电灯坏了，同住大厅屋的邻居青年国平，打着赤脚站在灶台上帮我家摘灯泡，猛然触电摔了下来，晕了过去。我母亲吓坏了，连忙喊人将他抬到厅屋里平躺着，村里的大人孩子闻讯赶来，围得里三层外三层，都以为国平没得救了。好在当天下午，在公社中学任教又懂医的庠金老师从我家厅屋门口路过，我母亲像得了救星，赶忙邀他来救治。庠金老师是上羊乌村人，与我家还有远亲关系，他一番查看后，用随身带着的银针给国平进行点穴针灸，国平方才醒来，有惊无险。我目睹了这件事的全过程，从此对用电更多了一份畏惧。有的日子，家里的电灯坏了，我们宁愿点煤油灯。

随着电灯的使用，碾米机也很快就进入了村庄。砻谷的日子渐渐少了，黄色的糙米饭已普遍被白米饭取代。在童年和少年时期，我经常与母亲一道去村里的碾米机房碾米，一担稻谷挑去，换回小半担白米、小半担米糠，我们就挑了回家。江岸水坝旁边的老磨坊，原先依靠水流驱动水轱辘磨面粉，这会儿也换成了电动的磨粉机和做面机，在盛夏麦收之后，磨坊内院的平地上，每天晾晒着一架架新做的挂面。

广播也在村庄里响起来了。我们村后的一棵大古樟的树丫间，装了一个大的高音喇叭。每天早中晚，高音喇叭准时放广播，有时播新闻，有时放歌曲，有时也下通知。放广播的是我们村的退伍军人隆柏，他在部队专门从事无线电工作。我那时很喜欢听广播，《洪湖赤卫队》里面的歌曲，我就是听广播学会的。现在想来，那时候的村庄真是热闹！

黑白电视机悄然出现在故乡的时候，已经分田到户。改革开放的春风正吹彻中国大地，一个巨变的新时代，正加速来临。

做砖瓦

分田到户后，故乡人家的生产积极性高涨，粮食连年丰收，养猪、养鸡、养鸭、养鱼的劲头也十足。圩场的市面上，农副产品的交易活跃。如此情形之下，即便是深山更深处，乡村人家的日子，也一天天地好起来了。俗话说，家有余钱剩米好办事。对于那时的农民而言，一辈子最大的事业，莫过于建一栋宽敞明亮的新瓦房。于是，一轮建房的热潮就像雨后春笋那样，在二十世纪八十年代的故乡，迅速兴起。

建房最主要的材料，自然是砖瓦。那个时代，传承久远的烧制青砖黑瓦的技艺差不多已经失传。在村庄流行的，是另外两种砖和两种瓦：砖为土砖与火砖，瓦是短瓦和长瓦。土砖无须烧制，晒干即可。火砖与短瓦，通常在同一个砖场制作好，日后装一个碉堡状的立窑烧制。长瓦也叫勾瓦，在本乡，只有窑上和礼家祠能出产，这两个村向来以烧制日用粗陶而闻名，专门建有长龙状的卧窑。我们当地人家建房，若用勾瓦，都是去这两个村庄购买。

故乡人家做砖瓦，通常在“双抢”结束之后，此时正值盛夏，稻田里的早稻已收割，晚稻秧苗已插下，耕牛闲了下来，乡人的耕种劳作也相对轻松许多，有了闲暇。而晴好的日子，又利于砖瓦的制作和晾晒。

做砖，习惯上叫打砖，顾名思义，是一项重体力活。打土砖，也叫打土坯子，需事先选定自家的一处稻田，通常是秧塘，不插晚稻了，将田水放干，晾上数天后，一家人拿板锄深挖并翻转田泥，堆成一个大而圆的堆子，撒上剁碎的稻草，牵来耕牛踩泥。人与牛一遍遍转圈踩踏，将碎稻草与田泥踩得均匀而劲道，黏糊糊的。若是没有耕牛，就全家人一齐踩踏。我家那年在房基前溪岸下的秧塘打土砖，就是靠人力踩砖泥，尤为辛苦。踩好的砖泥，用竹筛一担担挑出来，零散地倒在清扫干净的禾场或空地上，即可打砖。打砖的工具原始而简单，一只木板做的砖架，一只大脚盆里倒了一盆水，再就是一扎洗砖架的稻草球。打砖时，将砖架摆放在地上，双手就近抱起一大团砖泥，弓身举过头顶，对着砖架的内空，用力打下去，“吧嗒”一声，泥点飞溅，砖架被塞得满满当当。用拳将砖泥捣紧实，再将表面抹平，然后蹲着马步，抓着砖架两端的提手，将砖架缓缓提起，一坨方正的土砖就展现在眼前，足有二三十斤重，光光亮亮的，犹如超大且厚实的豆腐。每打一坨土砖，需将砖架内空清洗一番，再打下一坨，这样砖泥就不会黏在板壁上，提砖架时不会造成烂砖。而那盆里的水也越来越浑浊浓稠，不用多久，就全然成了泥浆。

记得年少时我和父亲在禾场上打土砖，母亲和姐姐挑砖泥，烈日之下，我只穿一条短裤，背上晒得热辣辣的，浑身全是泥点与汗水。那砖架浸泡了泥水后，也格外沉重，每打一坨砖，我都要使上全身力气，腰酸背痛。当全部土砖打成，一坨坨摆满大片禾场，密集有序，像整齐的列阵，看着很有气势。那稻田或秧塘被挖空了砖泥的地方，形成一个大大的深坑，我们叫砖凼。我家的那个砖凼，后来筑了进水口和出水口，蓄满了水，索性做了一口小池塘，放养鱼、虾、泥鳅、田螺、蚌壳，许多年来，曾给了我无数的快乐。

数日后，禾场上的土砖被晒得表面干爽，这时便可逐一将土砖立起来，拿盾刀将砖的边角及底部修整一番，土砖就更加端庄规范了。再晒上数日，即可码成一道道砖墙，上面盖了稻草以避风雨，以待用时。

相比打土砖，打火砖在技术、工具、场地、人力诸方面都要复杂得多，需雇请专门的班子。那时候，村里人家打火砖，都是按每块砖一定的价格承包给打砖的班子。我们村的国和、孝秋、平光、井录、友和

做砖瓦

等人，年富力强，经验丰富，经常在本村及周边村庄承包打火砖，由他们组织一帮打砖的好劳力，并负责提供踩泥的耕牛。打火砖对土质要求高，黄泥土要无砂石杂质。好在我们村不乏这样的地方，村北桐树坪、枞山一带，土质优良，砖场一个连着一个，大片的树木也迅速被砍光了。建一栋新瓦房，通常需要打一两万块火砖，从挖土、挑水、踩泥、制砖到码墙，一个由七八名青壮年男性劳动力组成的打砖班子，也要好几天才能打成。烈日如火，在临时搭建的简易木棚之下，打砖人从天亮到天黑，干着高强度的体力活，辛苦又疲惫。故乡的习俗，打火砖的那几天，由本家给他们提供午饭，并负责上午和下午的两道茶点。

做瓦也通常是在砖场，不过做瓦的技术含量更高，又要专门的工具，照村里人的说法，能做瓦的人肯定会打砖，但能打砖的，不一定会做瓦。年少之时，我曾多次看瓦匠做瓦。那黄色的瓦泥油滋滋的，在地上堆得高高的，经瓦匠反复拍打密实，反复用大瓦弓修切，最终成了非常规整的长方体。瓦泥的旁边，地上固定着能绕桩旋转的简易制瓦台，瓦桶就立在台面上。做瓦时，瓦匠拿瓦弓割下一块薄薄的长瓦泥，双手端着，围在瓦桶上，经过一番拍打、涂抹、刮擦的工序，最后提下瓦桶，放到晒场上，抽出能伸缩的桶身，地上就是一圈圆圆的泥瓦筒。泥瓦筒晒干后，轻轻一敲，便从薄弱的竖向凹槽之处断开，成了四爿完好的泥瓦。

同火砖一样，泥瓦也要码放成墙，盖上防护用的稻草和薄膜，等待那个烧窑日子的到来。

烧窑

二十世纪八十年代，在故乡那方土地上，烧窑也堪称一个乡村热词。

那时候，周边村庄里常见的窑有两种。一种是石灰窑，通常构筑在石山旁，从山边挖掘一个大豁口，装进青石块，上面捂盖成穹顶，用来烧生石灰。也有的石灰窑是掘一个大地洞，用砖块砌成圆壁穹顶，壁上拱一处窑门，烧窑时封上，烧好了，拆下门口的封石，可将白色干燥的石灰块清运出来。石灰窑可重复使用，一般为石场所专有，乡人建房要石灰，便去购买。再一种就是砖窑，主要是用来烧砖瓦的，就近构筑在砖场的地面上，又圆又大又高，像抗战电影里的碉堡，有的砖窑也会顺带烧出若干生石灰。人们日常所说的装窑、烧窑，就是指这种砖瓦窑。

当一户人家在夏秋间寻了一处合适的场地，邀请工匠做好了黄泥土的砖瓦之后，接下来的日子，就得为烧窑做准备，备办好煤炭、柴火以及烧石灰的青石块。这之中，又以雇汽车拉煤炭至为要紧，花费也大。

距离我们村庄二三十里的马田、高亭、复和一带，是盛产煤炭的地方，除了国营煤矿之外，乡镇煤矿和个体小煤窑也星罗棋布。那时，虽然我们村里还没人购买大汽车跑运输，但通过本地的一些消息灵通人士，找到煤车也容易。许多时候，甚至还有矿区专门贩卖煤炭的人拉了一大卡车的煤炭到村里来卖。一般而言，建一栋瓦房，需要烧制一两万块的火砖，平均每烧成一块砖，差不多要六七两煤炭，再考虑到烧瓦和烧石灰所需，算下来，足以要买下一大汽车煤。买回的煤炭，一家人需趁着晴好天气，寻一处空旷的禾场或空地，按大致比例掺和黄泥，挑水拌匀，拍成炭块和炭球。拍炭块专门有一种长方形的木架子，里面等分三格，一次拍打抹平之后，能做出三块与火砖正面大小相仿的炭块，约一个指节长的厚度，像黑乎乎的方饼干。炭球则拍成馒头状，是用来烧石灰的，数量要比炭块少得多。当炭块和炭球晒得干透，就妥善叠放收藏起来。

晚稻收割之后，到了农历八月底，天气晴好，距离摘油茶、挖红薯还有一小段日子，装窑、烧窑正当其时。这是一件技术活，一窑砖瓦烧得如何，关键在于掌窑师傅。在我们村，我的远房堂兄孝佳，曾是有名的掌窑师傅。他年轻时长年四处浪荡，在大江大河放过木排，进深山老林采过草药，也在外地的砖窑上做过苦力和掌窑师傅。他善于学习，眼界宽，是那时村里的另类人物。村里人家烧窑，很多都是请他掌窑，封一个红包给他，算是酬劳。

装窑的位置，一般选在砖场附近，将地面整平，画出一个大圆作为窑盘。窑盘的直径依据砖块的数量略有不同，通常在一丈五尺到一丈七尺之间。装窑时，外围一圈用的是火砖，起到围护作用，烧窑的人家多半是向别人家借火砖，待砖窑烧好后，拆了窑，再挑选好砖还回去。装窑所需人力众多，小工负责挑砖块，挑瓦，挑炭块、炭球，和其他杂事；掌窑师傅和大工则在窑盘里专事铺装。装第一层窑砖最为关键，首先就得在窑盘的正中央位置，呈十字交叉状设置两条通畅的主火路，宽约一砖，火路里铺上顶好的干劈柴，再在四方直角的扇面上，呈放射状布置两条次火路。如此，围绕窑盘中心，一共均匀设置了十二条火路。炭块的铺放也极有讲究，首层窑盘用炭量最多，每两砖之间贴放三块方炭。随着砖窑的升高，各层的用炭量，不尽相同，甚至有的层次，完全不需放炭。

在窑师傅的指挥下，装砖、铺炭、装瓦、装石灰石、填窑泥、装钢丝窑箍……一切都有条不紊地进行着。砖窑一层层铺装，渐渐升高，每隔一尺五的高度，就要增加一道窑箍，一座砖窑装好，通常有十道上下的箍子，四五米高。而随着窑体的增高，斜搁的跳桥也越来越陡。跳桥是用三四根长杉木和若干短木枋钉成的木排，供人上下走动。我在年少时，看着那些肩挑沉重的砖瓦小心翼翼走上窑顶的人，心也常为他们悬着。

一座砖窑，在众人齐心协力的辛苦劳作中，从早上开始铺窑盘，到傍晚之前往往就能封顶装好。接下来，便是点火烧窑。大捆大捆的干柴，被人挑来，围着窑盘堆在每一个火路口的旁边。每一个火路口，至少有一个烧火的人，一面将点燃的柴火塞进火路，一面用蒲扇扇风。烟火浓浓，引燃了火路里预留的大劈柴，也渐渐将底层窑盘里的炭块燃着了。当高高的砖窑顶面冒出热气和烟尘，掌窑的师傅，就会安排人力挑着泥土，走上跳桥，将整个窑顶严实地捂盖起来。同样，窑盘每一个火路口，掌窑师傅也会相准时机，令众人挖来泥土掩盖好。至此，点火烧窑终于大功告成。

劳累一天的人们，收拾好用具，陆续离开窑场，简单地洗一把脸，坐上本家已经预备好的丰盛酒席。此时，席上酒菜香浓，劝酒热烈，笑语喧哗。那夜色里的高大砖窑，红红的炭火光从周围砖缝透出来，自下而上，缓缓升高，燃得正旺！

建房

如今回过头来看童年时代的故乡，那真是一个互帮互助的人情社会。尤其是在建房这件大事上，体现得更为明显，让人无法不感动。

二十世纪八十年代初，位于湘南山区偏远之地的故乡，刚刚分田到户。在此之前，乡村建房长期处于停滞状态，村里人家差不多都是居住在青砖黑瓦的老宅子里，村庄像一团浓墨，凝固了好几代人。突如其来的改革春风，让乡村建房陡然成了热潮，每个多子女的家庭都想建宽大的新瓦房，改善逼仄的居住现状。即便一时建不了房的人家，也会先申请宅基地，生怕落后于人。

乡谚说：“砌屋造船，昼夜不眠。”建房是每个家庭的大事，前后需要几年的准备，劳心劳力，耗尽家财。对于身为顶梁柱的父母而言，事无巨细，都要筹划思量，常常夜不能寐。在我们家，情况更为特殊，父亲比母亲大十八岁，大姐出嫁早，而我和三姐尚未成年，家庭劳动力弱，经济能力十分有限，建房更是让母亲操劳忧心。

我家的新瓦房是1982年冬建成的，原本不会有这么快。上一年的秋天，我们家在村南的溪圳边批了一块宅基地，当时就有风凉话，说我们家批了宅基地，也建不起来。其实，别人说这话，也是有道理的，就凭我们家那时的经济状况，什么时候能够建成一栋新瓦房，连父母心里都是没边没底的。

也就是在我们家批了宅基地那一年，嫁到江对岸的我的大姐家烧了一个砖瓦窑，窑不是很大，八千多块砖瓦，她家原本打算建一栋新房子。那次装窑，我们全家都在现场帮忙做事，点火烧窑时，我坐在窑盘的一个火路口前，不停往里面塞柴火、扇风，烟熏火燎，却十分开心。不过，那时大姐家的住房并不是很紧张，孩子也小，而且姐夫又常年在铁路上工作。因此，大姐在征得姐夫同意后，就与父母亲商量，先把砖瓦借给我们家建房，日后再还她。父母自然是喜出望外，愈发有了建房的信心，也加快了建房的谋划。

一切能省钱的事情，都自家人干。我们家如此，村里其他人家也大体是这样。批了房基的这年冬闲，我们全家人每天都在村后的一个山窝里挖石头，撬石头，风雨无阻。大大小小的石块，一家人或用竹筛挑，或用竹杠和铁丝套子抬，全部运到宅基地上。而后择了日子，请了工匠和帮忙的人力，挖基槽，砌好了房基。

我们家的房基，是按传统湘南民居样式布置的，俗称“四缝屋”，三开间，两进深，中间最宽大，为厅屋。建这样一栋两层的瓦房，八千火砖显然不够。母亲为图节省，决定采取“金包银”的方式，外墙用火砖，隔墙则以土砖为主。这样，等到第二年“双抢”结束之后，我们一家人就在房基前的秧塘里挖泥、踩泥、挑泥，在酷暑烈日下打了一堆土砖。那挖空了田泥的秧塘，蓄水后便成了我们家的小鱼塘。之后多年，塘岸上先后栽过杨树和橘子树，池塘边搭了瓜棚，年年瓜果繁盛，令人喜悦。

采办建房所需木料，是需要很多人力的苦差事。一栋瓦房，必定有一副大门架，比其他的门框要高大得多，且这门架的木材，是诸如柏树、椆树之类的硬木，十分沉重。此外，还需几十根大杉木，用来做屋梁和瓦檩。打完土砖的那年夏秋之交，通过邻村熟人的介绍，我们家在邻县的一个深山林区小村预订了一副大门架和几十根木料。那里距离我们村有三四十里远，也是我们周边村的人在农闲日子背杉树贩卖以赚脚力钱的地方。背木料的前一天晚上，母亲和二姐分头挨家挨户去邀请村中年轻力壮的劳力，每个受邀请的男子都欣然答应，几十个人力，连夜就找好了。第二天凌晨，天还未亮，母亲和家人就备办好了几桌饭菜，几十个劳力睡眼惺忪陆续赶来，吃了早饭，摸黑就上路了。一直到当天傍晚，背着木材，翻山越岭走了一天的一众乡亲，才疲惫不堪地回来。这些干苦力的乡亲，都是无偿帮忙的，也是那时故乡的风气。

当砖瓦、木料、板材、石墩、石灰等各种建筑材料以及置办酒席的菜肴酒水都备办妥当，在一个选定的良辰之日，就正式建房了。给我们家建房的砌匠是金德师徒，木匠是孝健师徒。当时的村俗，建房人家只给砌匠和木匠支付工钱，其他挑砖拌浆做零碎事务的小工，都是做人情工，不用给钱的。即便这样，来帮忙做小工的，随喊随到，村中不会有拒绝之人，甚至有的人，你不叫他做工，他还会对你有意见。那时的乡人，大家都怀抱着一个朴素的想法：帮人也是帮己，日后自家建房，别人也会倾力相助。

建房的那几天，村里妇女们，无论亲属还是邻居，甚至隔着几条巷子素无往来的旁人，提着竹篮或端着团箕来送礼，络绎不绝。或者两斤肉、几升米，或者一条鱼、几个冬瓜，或者一些烫皮花生，情意切切。这些礼节，俗称送茶。

三四天后，我们家的新房建成，主体竣工圆垛的那天下午，金德和孝健两名工匠师傅，领着一班匠人站在屋顶上，放鞭炮，杀公鸡敬神，唱段祝祷。房屋四周，全是围观的人群。当屋顶的工匠端着盘中的糖果和花生撒向每个房间时，围观的大人和孩子蜂拥着进入房间捡拾，一片笑语喧哗，喜气洋溢，也寓意着新房大吉大利，人丁兴旺。

这年年底，在简单的粉刷之后，我们一家搬进了新居，度过了祥和的除夕，迎来了充满希望的新年！

建房

赶圩

圩场是乡村百姓进行物产交易的场所，它们往往地处要冲，辐射宽广，是当地交通、经济和物质转换中心。每一个乡村人家，一年中总要或多或少地与圩场发生联系，卖出自家四季土产，买回必需的生产生活用品，积攒点余钱，以维持家庭的运转。圩场通常有固定的开圩日子，按农历的日期，三五日一圩，约定俗成。每逢开圩日，远近的乡民，手提肩挑，早早从大村小寨出发，沿着一条条山路，络绎不绝地向着圩场赶去。这就是乡人所称的赶圩。

在我的故乡周边，曾有两个圩场十分有名。向东走十里山路，是永红圩；向南走八里山路，便是东成圩。永红圩又名黄泥塘、黄泥圩，之前并无圩场，后因国营永红煤矿的开采，这里渐渐自发形成了圩场，取代了距此地三四里的一个老圩场——油榨圩。东成圩属于邻县桂阳，历来是东成公社和东成乡人民政府所在地。这两个圩场开圩日期不同，我们村里的人，一般就赶这两个圩，又以赶永红圩为主。

相比而言，我对永红圩更为熟悉。小时候，我与同伴过了村前江上的木桥，去对面的东茅岭和对门岭捡柴，那两山之间的一条石板小路，随山势抬升，就是通往永红圩的。隔了重重山峦，经常有汽笛的鸣叫远远传来，我们在村里也能听到。有人说，那是永红煤矿的锅炉在叫；也有人说，那是永红圩铁路上的火车在叫。有的晴好日子，我们捡柴时，站在高高的山顶，循着声音眺望，但见苍山如浪，一波接一波向远方推去，直至天边，却不曾望见圩场和火车。

我的母亲喜爱赶圩，赶永红圩的次数很频繁。夏秋间，家中园土自产的辣椒、豆角、花生、黄豆、高粱、红薯，还有鸡蛋、鸭蛋，只要能卖得出钱的东西，她就经常用竹篮提着挑着去赶圩，一大早就去，要到傍晚才回来。从那圩场上母亲偶尔也会买来好东西，或者半斤咸鱼头，或者一卷蛇蜕般的豆皮，或者一小扎海带，有时也买点糖腐竹，这些做了菜，香喷喷的，是难得的佳肴。有的日子，我在村前等啊盼啊，赶圩的人一个个回来了，总不见母亲的身影，我就一个人过了木桥，沿着那山路走上一段，到潘家坳凉亭等着。凉亭地势高，站在凉亭里前望后看，都是长坡。当母亲终于出现在我的视野中时，我迎着母亲奔跑过去，母亲笑着，偶尔会从篮子里拿出一小截刀切过的菜瓜给我，又甜又脆，真是好吃！

曾有多年，村里人背杉树赶永红圩，是赚钱的好门路。我二姐也经常背杉树卖，她提前几天与村里的同伴走几十里山路，到郴县出产木材的林区买一根杉树背回家，等到赶圩的日子，再背着这棵杉树到永红圩卖掉，赚几角或一两元的差价。二姐曾对我许诺，说哪次带我一起去赶圩，到圩场上买一碗米豆腐给我吃。我一直惦念着，终于有一回，二姐带我去了。我与她一同抬着杉树，过了潘家坳凉亭，过了长洲头，过了山头冲，过了水库，过了斜岭，过了沙子坳上，过了杨家，过了黄泥塘，看到了那黑山一样的煤矸石堆和运煤炭的小火车，终于到了永红圩。那圩场在一排灰蒙蒙的红砖瓦房的路旁，路很长却不宽，全是黑乎乎的泥泞，路的外边是一条小溪和大片稻田，路上黑压压全是人，挑箩筐的，摆摊位的，说笑的，吆喝的，人来人往，十分嘈杂。

我跟着二姐，择了一处地方，将我们那棵杉树斜搁在墙边，等着买主。买杉树的人，偶尔走过来，看看树，还个贱价，脚也没停，又走了。隔一会儿，又走来一个这样的人。卖树的人很多，大家站在一块，有时就说说话。那天，旁边一个卖树的青年和我二姐说话，话题转到我身上，我二姐骄傲地对他说，这是我弟弟，会口算加减法了，不信你考考他。然后那人就出了几道题，我都算出来了，他就夸我，二姐很高兴，我虽然害羞，但也很高兴。我们的树，到下午才卖掉，二姐带着我到一个米豆腐摊子，买了两碗红辣辣的米豆腐，热乎乎的，我们端着在那溪圳边吃，好不开心。

随着年龄的增长，我还曾数次跟着二姐赶圩。有时赶永红圩，有时赶东成圩。尤其是每年家里杀猪卖肉的日子，二姐必定叫我同去。那时杀了猪，屠户只管空手去圩场切肉。挑肉，接钱，找零，都是我们自己的事情。我和二姐将猪肉挑到圩场的肉摊，屠户剁肉称肉，我就赶紧口算价钱。二姐脖子上挂一个接钱的旧书包，一面接过买肉人递来的钱，一面背诵乘法口诀和加减法，得出一个钱数，经与我确认一致后，找出若干角角分分的零钱，递给买肉人。有时买肉的人多，我们既高兴，又应接不暇，口诀和混合运算说得口干舌燥。

赶永红圩挑炭，也是每年秋后要做的事。一担煤炭从圩场挑回家，又脏又沉，上山下坡，走得气喘吁吁。我和二姐常常要在路上歇好几回，汗水浸湿衣服，手、脚、脸面花花黑黑，像个雷公。遇着有水井的地方，我们就放下担子，跪在井沿上努着嘴巴牛饮一番。

几十年来，永红圩随着国营永红煤矿的开办而兴起，一度十分红火，商贾聚集，人气极旺。但随着煤矿资源的枯竭和国家政策的调整，永红煤矿也逐渐走向了衰落，人流剧减，圩场无以为继。从前被它取代的油榨圩，因为地处国道，又是油市镇政府所在地，交通物流都十分便捷，在此消彼长之下，重获新生。

对于我们村庄那一带的乡人来说，因为近年来通村水泥公路的修建和扩宽，以及洋塘乡境内的两个圩场——文明圩和洋塘圩的开市，乡人赶圩无论步行还是开车都变得十分方便，大可不必舍近求远。

讲古

在点煤油灯的年代，乡村平日里也没有太多可观看或参与的娱乐活动。闲暇的时候，乡人聚在一起拉拉家常，谈天说地，就成了主流。村中有些健谈之人，广闻博识，记忆超群，讲谈起来，绘声绘色，或神话鬼怪，或古今传奇，或历史演义，或笑话，或谜语，无不意趣盎然。乡人将这类带有故事性的生动讲述，称为讲古。

在我们家，父亲就是一个讲古高手，我和姐姐都很爱听他讲。母亲有时听着听着，就会笑着数落父亲："你是老鳖记得千年事。"貌似责备，却又不是。父亲心里如何记得那么多故事趣闻？是从哪里听来的？真是个谜团。

小时候，在寒冷的夜里，当灶屋点了油灯，灶里生了柴火，我和二姐、三姐坐在宽板长凳上，一面烤火，一面看母亲煮饭切菜。父亲做完事，进屋坐下歇息，摸出竹烟管，在那铜烟嘴上塞了土烟丝，拿起灶台上的火钳夹了一粒红红的柴火子捂在烟嘴上，"吧嗒、吧嗒"吸着，那烟丝就燃起来了，父亲的嘴里也不时吐出烟气，在屋子里袅袅弥漫开来。这是父亲最惬意的时光，此时，我总爱缠着父亲讲古。"讲哪个呢？田螺精？蛇精？猴子精？……"父亲会一连报出一串故事的名目，要我挑选。其实这些故事，他都讲过很多遍了，我却总听不厌，有时我还真不知选哪个更好。我选定一个后，父亲就慢条斯理地讲起来，我们津津有味地听着，随着那故事的进展，或喜，或悲，或担心，有时忍不住哈哈大笑。屋子里灯光昏黄，柴火呼呼燃着，饭菜的香气也一丝丝飘入鼻孔。

父亲讲古，故事大多非常离奇。比方说，他讲的那个青蛙精，原是某地大旱三年某女怀孕了三年方才生的，虽是个青蛙，却一生下来就会说人话，并能预知未来。也由此引出一连串匪夷所思又合情合理的有趣故事。到最后，这青蛙治好了皇帝的病，娶了皇帝的女儿。洞房花烛之夜，青蛙蜕下皮时，竟然变成了一个高大英俊的白面书生。类似这样充满想象力的故事，父亲有满满一肚子，它们开启了我童年的幻想之门，也让我小小的心灵有了许多美好的情愫。

有时，父亲也会向我们讲述他自身那坎坷又富有传奇色彩的抗战经历。年轻时他以三担茶油的身价，冒名顶替村里的一个人，去当兵抗日。在战场上，他多次与日寇激战，屡负枪伤。因为作战勇敢，他入选过敢死队，也曾与日军展开巷战。因为机灵，他后来又被连长挑为勤务兵。经历过诸多大大小小的战斗，他的无数战友牺牲于战场，而他却像一个有如神佑的福兵，最终从战场上活着返回了家乡。父亲讲他的战斗生涯，有时神情悲伤，有时又显得很开心，而我小小的心灵又是震撼又是神往，仿佛父亲是一个顶天立地的战斗英雄。

夏秋的夜晚，吃过晚饭后的乡邻，都爱走出屋子，坐在门口的青石板巷子里乘凉。石板巷子便也成了乡人讲古的好场所。有的人爱讲仙，比如看到那皎洁的明月，就讲月亮里有一座宫殿，仙女嫦娥一个人孤零零地住在那里。我们这时抬头看那月中暗影，还真有点像一个仙女，甚至想着要是这仙女能飞下来就好了。有的日子，我们头顶的一巷苍穹，是密密的繁星，宛如一条白色的河流，有的人就讲，那是天河，是王母娘娘用发簪划出来的，把织女和牛郎分开了。一年中，牛郎、织女只有七月初七才能相会一次，当天所有的喜鹊都会飞到天河去，为他们搭一座拱桥。我家旁边不远的地方，那时有一棵巨大的古枫树，树上常年住着很多喜鹊，也不知道它们是否曾飞上天河。在巷子里，也有人喜爱讲鬼故事，讲得活灵活现。我也喜爱听鬼故事，只是听着听着，就不免害怕起来，挤进大人堆里，与母亲贴得更紧，生怕身边的某处黑暗角落突然冒出一个鬼来。

而在我们村前朝门口的空地上，星月之下歇凉闲谈的人就更多。这样的场合里，秋盛爷是最受欢迎的人物，他擅于讲历史故事，《三国演义》《薛平贵征东》《樊梨花征西》，讲得口若悬河，滔滔不绝，一夜接一夜，总也讲不完。

真正将讲古当作一门谋生的技艺，是打渔鼓的盲人老曾。老曾是我们本乡曾家冲的人，一年中夏秋间的某些日子，他会应邀来我们村打渔鼓。夜里吃过饭后，在村前的水圳边，老曾坐在屋檐下的长凳上，皓月当空，溪水流淌，村里的男女老幼，坐的坐，站的站，安静地围着老曾，听他打着渔鼓，拉着二胡，在动情的说唱中，讲述那曲折感人的遥远故事。

讲古

看电影

一种乡村风习的兴起，往往伴随着另一种风习的落幕，新陈代谢，不断演进。

譬如故乡宗祠里的老戏台，当我尚来不及看懂长袍水袖的古装大戏，电影就突然出现在了乡人的视野，它新鲜、时尚、好看，更吸引人，宽大的银幕从此占据了戏台，而那些曾经年年如期而至的乡村戏班子，恍如人间蒸发了一般，再也没有登上过这简陋的木板戏台。于时光流淌之中，看电影已然取代了看戏。

在我的童年时代，一年中似乎总能看上几场电影，或者在我们村里，或者跑到邻村羊乌、莲塘、西冲、朽木溪。在我们村，放电影通常有两个地方，夏秋晴热天气，定然是在村南的禾场上；要是下雨天或寒冷季节，就在村北的古宗祠里。看电影总是一件令人兴奋的事情，当放电影的消息传来，只一阵儿工夫，全村人就都知道这桩大喜事了，相互谈论时，眉开眼笑，如同过节。于我而言，这时更盼望着黑夜早早到来。

盛夏我们村放电影，傍晚时分，太阳还未落山，村边禾场上，已有几个成年人在伸展电影幕布，用绳子往四角绷紧，紧贴禾屋墙壁挂着，那瓦檐下土黄色的砖墙上，于是就现出一块方方正正的雪白，远远都能看到。一会儿，有人背来一张八仙桌，对着银幕，中间隔得较远，摆放在禾场上，用来搁置放映机。无疑，放映机与银幕之间，是摆凳子看电影的好地方，村中的孩子这会儿正扛着长凳络绎赶来，使劲抢占好位置，场面变得热闹起来。

天色越来越暗，吃过晚饭的乡人，男女老少都赶到禾场上。路上点火把的，提煤油灯盏的，打手电的，熙熙攘攘，向着禾场聚集。那些早就占好位置的长凳上，陆陆续续有人从凳子间逼仄的缝隙里挤进去，坐的坐，站的站，说笑着，张望着，吆喝着，满是人。而在通往外村的山间小径和田间小道上，赶来看电影的人同样络绎不绝，满是星星点点的火光和说笑声、脚步声。外村赶来看电影的人，有的遇上我们村里的熟人或亲戚，会被邀请坐到凳子上，不过多数外村人，是在外围找一处不挡视线的地方站着。

放映机的桌边，立着一根长竹竿，绑在桌腿上。竿上挂着一个电灯泡，明亮的灯光照出周边黑压压的人头，也照着桌上架好的放映机。放映员是外地人，这时他已在我们村里的干部家里吃过派饭，正在调试机器。两个大圆盘一样的电影片子，一个装在放映机的前上方，一个装在后下方。桌边一张张明亮的脸孔，都伸长了脖子，好奇又认真地瞪着，看放映员操作那部复杂的机器，和在机器里绕来绕去的细长电影胶片。放映机的镜头突然射出一柱白光，投在银幕上。顿时人群一阵骚动，吹口哨的此起彼伏，他们两指塞进嘴里，一个比一个吹得响亮。也有的人，光柱恰好从他头上经过，便故意举起手，或站起身，银幕上便出现一个个千奇百怪的夸张手影和身影。

乡村放电影，也是宣传农业科技的好时机。在正式的故事片放映之前，通常会放映一部关于农业生产的加映片，或者是水稻的种植，或者是害虫的防治。尽管加映片时间不长，对于等得焦急的我们来说，真希望它快快放完，以便看那好看的电影。

那些年，看过的好电影还真不少。《地雷战》《地道战》《铁道游击队》《小兵张嘎》《闪闪的红星》《苦菜花》《洪湖赤卫队》《智取华山》《小花》《南征北战》《上甘岭》《奇袭白虎团》……这些战斗片，故事精彩，扣人心弦，尤其是那些英雄人物，让我小小的心灵深受震撼。许多日子，我们在玩耍的时候，都要扎一个柳条帽圈戴在头上，装扮成解放军的模样，抓特务，打敌人，玩得不亦乐乎。

记忆中最火爆的彩色电影，是《三打白骨精》和《少林寺》。放映《三打白骨精》那天晚上，据说周边好几个大队一同在放，但电影片子只有一套，几个村子得轮换着放。往往我们看完了一块片子，要等上很久，跑片人趁着夜色从别的村子交换一块片子来了，才能继续。如此断断续续，等那场电影看完时，差不多都快天亮了。不过那电影实在太好看了，熬一整宿我也是兴奋且愉快的。电影《少林寺》，则激发了无数人心中的武术梦，一时间，乡村到处都是谈论武术的人。我那时已是上初中的小小少年，真希望有朝一日，远走故乡，越过千山万水，走上少林寺，去修炼那绝世武功，做一个英雄豪杰，闯荡江湖，除暴安良，横刀立马，建立不朽的功勋。

后来，随着乡村电影日渐普遍，故乡对面的小村油市塘，中年男子庠文也做了乡村放映员。不过这时候，公益性的放映少了。哪个村子愿意出钱请他去放电影，他就去哪里放。有的日子，我们村的几个青年，与庠文商定价钱后，合伙在宗祠包一场电影卖门票，大人两角钱一个，小孩一角或五分，不管是本村人还是外村人，反正要想看电影，就得交钱。夜幕下，宗祠里的电影声大得夸张，挠得人心痒痒的。他们一伙人站在灯光明亮的门口，向鱼贯而入的乡人收着皱巴巴的纸币或几枚硬币，并拦截着那些企图浑水摸鱼闯进去白看的小孩子。

二十世纪八十年代，从农村考上中专和大学的人还极少。偶尔周边村庄出了个中专生或大学生，一时间在方圆十里都扬名了。而那些考出了大中专生的村子，通常会在开学前夕，由村集体出钱放一场露天电影，以示褒奖与庆贺。

自从电视机走进了乡村，走进了寻常百姓家，看电视又成了新的时尚。电视节目丰富多彩，尤其是许多精彩的电视连续剧，让人看得欲罢不能，每天按时追着看。乡村的露天电影，也像旧日的古装戏一样，渐渐淡出了人们的视野。

放爆竹

过年过节，红白两喜，乡村一年中的许多日子，总离不开放爆竹。一挂爆竹点燃，噼噼啪啪就炸开了，声音急促而响亮，震耳欲聋，星火与纸屑飞溅，让人避之唯恐不及，一股浓烈的硫黄味，也顿时随着浓浓的烟尘弥漫开来。

童年里，我对爆竹总有一种热爱。看到燃放过后的爆竹纸屑堆，我总要去扒一扒，往往能找出几只没来得及爆炸的，捡起来，点了香一只一只地燃放，“啪、啪”，也十分有趣。我那时玩爆竹，还经常弄点儿新花样，或者点燃了，扔进水里，炸出一团水花；或者插在一团烂泥上，一炸，泥点四射；或者手指捏着爆竹下端，让它直接爆炸，以示勇敢……我的这些行为，若是被父母发现了，定然要招致责骂，可那会儿，我尚未意识到这有多么危险。

旧时乡人使用的爆竹，都是泥土色的纸筒，多是从圩场或供销社买来的。这些爆竹编织成串，两两相对，像一条鞭子，又像长长的鱼骨，有的一串成百上千响，俗称长挂子；短的则一掌长许，叫短挂子。使用这两种爆竹也大有讲究，短挂子用于亡人，长挂子用于活人。

小时候，每年清明节前，我的父母便会在赶圩日，买来一封短挂子，是用黄草纸包着的，长方块状，像一块厚大的油豆腐，一封里面有好几挂爆竹。父亲带我去给爷爷奶奶及其他亡亲扫墓，除了肩扛一把俗称镰刮的长柄铁板锄，还会提一个竹篮，篮子里用大碗装了供品，一块熟肉、一条煎鱼和一个生鸡蛋，以及镰刀、烧酒、纸、香和那封短挂子。当我们将坟头的青草、杂树清理干净，修葺一新，父亲砍来一根油茶树枝，去掉梢叶，笔直插在坟墓中间，挂上一张白纸条，接着摆上供品，奠上酒，烧纸焚香。最后，他点燃一挂短挂子扔向坟头，爆竹的响声短促而清脆，腾起一团青烟，似乎在告诉亡亲，我们这些后人扫墓来了。而后我们收拾祭品，下山，上山，去给另外的亡亲祭扫。那几天，村庄周边的山岭，不时响起短挂子的声音，噼里啪啦，连空气中也仿佛浸润着哀伤。

农历七月半，是中元节，俗称鬼节。早几天，乡人都会在自家的神台前虔诚地摆上供品，点燃纸、香，放一挂短挂子，以示迎接亡亲灵魂来家中做客。那几日，家家户户都要备办上好的新鲜饭菜，每餐恭敬如仪地款待亡灵，并祈佑家人平安。农历七月十五早晨，村里各家会再次响起短挂子的爆竹声，那是恭送亡灵上路的礼仪。

相比这些肃穆的场景，一年中乡村喜庆的日子更多。寻常百姓之家，遇着家中有人过大寿，通常会举行挂红传杯的庆祝仪式，在自家厅屋神台前摆上四方桌，桌上摆了酒杯，杯中放了红枣，桌中央的圆盘里装了糖果、花生之类的茶点，上面覆盖一块干净的大红布，过生日的人和最年长者坐上席，由年长者祝酒四杯，众人同饮，喜形于色，亲情弥漫。而后，年长者揭开红布，将其披挂在寿星的肩膀上，祝祷一番，才算礼成。此时，一串长挂子爆竹在厅屋门口盛情绽放，声音热烈而持久，浓浓的烟尘，和空气中浓郁的硫黄味道，更添了喜庆的氛围。在这美好的氛围里，酒杯撤下，换上茶碗，斟上热茶，大家笑语言谈，共度良辰。

遇上村中有人家娶亲嫁女，那迎送的场面尤为隆重。故乡一直传承着久远的礼制，无论娶进来的新人，还是嫁出去的女子，都要经过村前的朝门。跨进朝门，新娘子从此成了村中的一员；而跨出朝门，女儿从此成了外客。有好多年，我站在朝门口热闹的人群中，看着幸福漂亮的新娘子，连同那长长的送亲队伍和红红的新嫁妆，在本村礼生燃放的长挂子爆竹的迎接下，走过朝门，进入村庄。我也看到许多昔日常常见面的本村姑娘，在亲友邻里的陪伴下，泪水涟涟，依依不舍，跟着面前开路的爆竹烟火，离别家门，穿过曲折的村巷，走出朝门，走向通往村外的石板路。

一年中，爆竹燃放得最频繁的日子，自然要数春节了。乔迁新居，过小年，送灶王爷，除夕傍晚关财门，正月初一大清早开财门，乃至访亲拜年，耍狮子，舞龙灯……无一例外都要燃放长长的爆竹。尤其是除夕深夜旧年新年交替的那一刻，经久不息的爆竹声响彻村庄的夜空，劳碌了一年，此时，人们的心情也如同那火光，绽放，迎接崭新的开始。

放爆竹

图书在版编目（CIP）数据

故园农事 / 黄孝纪著；林奕插画. — 南宁：广西人民出版社，2021.1
（中国乡存丛书）
ISBN 978-7-219-11051-5

Ⅰ. ①故… Ⅱ. ①黄… ②林… Ⅲ. ①散文集—中国—当代 Ⅳ. ①I267

中国版本图书馆 CIP 数据核字（2020）第 151646 号

GUYUAN NONGSHI
故园农事
黄孝纪著；林奕插画

策　　划　温六零
执行策划　吴小龙
责任编辑　李亚伟
责任校对　覃丽婷　周月华　梁小琪　文　慧
装帧设计　刘　凛
插画统筹　牛广华
责任排版　梁少芳

出版发行　广西人民出版社
社　　址　广西南宁市桂春路 6 号
邮　　编　530021
印　　刷　广西民族印刷包装集团有限公司
开　　本　889 mm × 1230 mm　1 / 32
印　　张　9.25
字　　数　181 千字
版　　次　2021 年 1 月　第 1 版
印　　次　2021 年 1 月　第 1 次印刷
书　　号　ISBN 978-7-219-11051-5
定　　价　52.80 元

中国乡存丛书

故园农事

黄孝纪 / 著　　林奕 / 插画

广西人民出版社